Les silences de la guerre

Claire Fourier

Les silences de la guerre

Roman

éditions dialogues

Du même auteur

Aux éditions Actes Sud

Métro Ciel, suivi de *Vague conjugale*, récits, coll. Un endroit où aller, 1996. Réédition coll. Babel, 2006.

Aux éditions Bartillat

Je vais tuer mon mari…, roman, 1997. Réédition coll. Omnia, 2009.

La Trace, méditation, 1999.

C'est de fatigue que se ferment les yeux des femmes, récit, 2002.

À l'Atelier des Brisants

RC4, Route du Sang, récit historique, 2000. Épuisé.

Chez Jean-Paul Rocher, éditeur

Ce que dit le vent d'Ouest, roman, 1998.

L'amante océane, récit, 1999. Édition resongée, 2008.

Plus marine que la mer, roman, 2001.

Bernard Noël ou Achille immobile à grands pas.
Suivi de *Nonoléon* de Bernard Noël, essai, 2002.

Au clair de la solitude, roman, 2004.

Route Coloniale 4 en Indochine, réédition de *RC4, Route du Sang*, 2004.

Saint-amour ou les Vignes du rêve, récit, 2004, (de Béatrice Clairhell, pseudonyme)

À contre-jour(nal). En filant le temps, 1er novembre 2004-31 octobre 2005. Édité en 2006.

La Visite, récit, 2008.

Comme en passant, récit, 2008. Suivi d'une lettre de Bernard Noël.
Saint-amour ou les Vignes du rêve, récit, édition revue et augmentée, 2008.
Je ne compte que les heures heureuses, roman, 2010.

Le temps de le dire, haïku d'été, 2004.
Taches de rousseur, haïku d'automne. Précédé de *L'Arbre, la mer et la femme* par Jean Markale, 2006.
Jours écrits en hiver, haïku qui n'en sont plus, 2007.
La Valse libertine, haïku-roman de printemps, 2009.

Aux éditions Le Serpent à plumes

Plus marine que la mer, roman, réédition coll. Motifs, 2004.

À la mémoire de Jean Vercors

ISBN 978-2-918135-41-8

Le premier problème n'est jamais l'État, la Société ou l'Église, mais l'homme singulier, unique.

Hermann Hesse

En tant qu'homme et que citoyen, le poète aimera sa patrie, mais la patrie de ses forces poétiques et de son œuvre de poète, c'est le bon ; et le noble, le beau, qui ne sont liés à aucune province, à aucun pays en particulier.

Goethe

Tant que nous resterons les valets des princes qui nous gouvernent, il ne se passera rien de bien.

Caspar David Friedrich

I

J'habitais à l'époque un village au bord de la mer, non loin de Brest. Les Allemands l'occupaient : c'était en 1943. J'allais avoir vingt ans. Étudiante à Rennes, je conservais ma chambre dans la maison où j'avais grandi et je venais tenir compagnie à mon père qui vivait seul : ma mère était morte quelques années auparavant.

Me plaisait la vieille maison de pierre avec ses volets de bois peints en rouge, – d'un rouge que la vigne vierge rendait en été plus profond et qu'illuminaient au contraire en automne les feuilles cuivrées. Des décrochements de façade lui donnaient l'air d'un petit manoir anglais que l'on imaginait volontiers l'hiver parcouru par de blancs fantômes. Il n'en était rien : parce qu'elle avait vécu dans les îles anglo-normandes, ma mère avait le goût du *sweet home*, et la maison regorgeait de couleurs chaudes, de motifs écossais et fleuris. Il y avait ici et là des tapis, des photographies, des abécédaires brodés, des porcelaines de Jersey. Un *bow-window* dans le salon donnait au sud-ouest sur une vaste pelouse qui surplombait la route, et que cinq marches fermées par un portillon grenat séparaient d'elle. L'étage était mansardé, et les fenêtres là-haut prises dans un toit d'ardoises de montagne. Ces ardoises mordorées, associées aux montants rouges des fenêtres, étaient d'un bel effet.

Derrière la maison, un grand jardin clos de murs. Adossées à ces murs, les remises toujours multipliées parce qu'il n'y avait jamais assez de rangement ; elles contenaient un bric-à-brac de caisses, d'outils, de chaises longues. Dans un angle du jardin, tout au fond, une serre où poussait encore du raisin. Je dis encore, car après la mort de sa femme, mon père s'était désintéressé des plantes, et la serre qui fleurait bon les géraniums, les tomates, où ma mère multipliait les semis tandis qu'enfant je la regardais faire, tout ça était maintenant laissé à l'abandon ; la verrière se détériorait. Amédée, le jardinier, s'occupait seulement des pelouses, des plates-bandes et de leurs bordures de buis, du grand camélia et des poiriers qui poussaient en espalier le long des murs de pierre.

Au bord de la route (on ne disait pas la rue, la maison étant à la sortie de Gwitalmézé, sur la route de Tréompan), et perpendiculaire à elle, il y avait les dépendances : un bâtiment tout en longueur, bordé d'un préau, et ouvert sur une grande cour accessible aux bêtes et aux voitures à cheval : mon père était vétérinaire. Il administrait les soins dans la grande pièce du bas, quelquefois sous le préau. À l'étage, il y avait son cabinet et un grenier.

On avait renoncé depuis longtemps à entrer dans la maison par la porte principale à cause de l'étroit portillon et des cinq marches qu'il fallait monter venant de la route. On traversait plutôt la cour grande ouverte du vétérinaire, on s'engageait dans une allée de graviers légèrement pentue qui menait au pignon de la maison, après qu'un mur percé d'une ogive avait, à mi-allée, délimité l'espace privé. Là, un perron évasé, en granit, exposé à l'ouest et bordé d'un carré d'herbes aromatiques, accédait directement à la cuisine ; ça sentait bon, et l'on aimait s'asseoir sur les marches, rêvasser au soleil. J'aimais la cuisine petite mais *cosy*, peinte en vert olive, meublée d'étagères rose fané, d'une table et d'un buffet en bois ciré.

Entre le cabinet du vétérinaire et la maison, à l'extrémité de la cour, il y avait l'écurie où logeaient deux chevaux : celui de mon père et le mien, que j'avais hérité de ma mère. Mon père aimait faire à cheval ses tournées chez les paysans et longer la Côte des Légendes après son travail. Il fallait cinq minutes au cavalier pour être sur la dune ou les grèves. Il s'y était longtemps promené en compagnie de sa femme ; j'avais remplacé ma mère. Nous nous plaisions à galoper vers Porspoder, à contempler le soleil cramoisi couler dans la mer d'Iroise face à l'île d'Ouessant. « Regarde bien, Glaoda, disait mon père, où que tu ailles, tu ne verras rien de plus beau, rien de plus somptueux. »

L'arrivée des Allemands devait tout modifier. La dune et le bord de mer où j'aimais nager avaient pris l'allure d'un chantier : le rivage était truffé de blockhaus.

En effet, situé à la pointe du ponant, à vingt-cinq kilomètres de Brest sur l'arc nord-ouest du littoral et à trois kilomètres de la jonction entre la Manche et l'Atlantique, mon village faisait partie de la « zone côtière interdite ».

On y construisait le mur de l'Atlantique.

Poursuivant sa route au-delà de Brest où les *Panzer* étaient entrés la veille à sept heures du soir, la Wehrmacht avait pris possession de Gwitalmézé le 20 juin 1940.

Au début de l'occupation, les promenades à cheval étaient encore possibles. Nous croisions des Allemands le soir sur la route. Ils saluaient mon père qui connaissait nombre d'officiers pour avoir dû soigner leurs chevaux, et qui parlait un peu l'allemand : s'il avait rencontré ma mère à Jersey, celle-ci était lorraine et s'était familiarisée avec la langue de Goethe dans son enfance. Parce qu'elle saupoudrait la conversation de mots allemands, j'étais devenue capable d'en échanger quelques-uns dans une langue pour laquelle j'avais d'emblée de la sympathie, et d'autant plus que la philosophie, la littérature, la musique, la peinture allemandes rejoignaient ma part celtique. J'avais beau soupirer après la clarté et une certaine frivolité méditerranéennes, le monde nordique, brumeux, austère, me parlait davantage. Je le maudissais, mais quoi ! je m'y sentais à l'aise. C'était mon élément. J'étais une fille de Dreyer.

Orpheline de ma mère, aimée d'un père assombri par le veuvage, évoluant dans une maison habitée par des souvenirs et des ombres, je devenais ainsi dans mes rêves tantôt la jeune sorcière de *Dies iræ*, tantôt la Lucile de Chateaubriand ; la mélancolie m'était volupté.

Quand la guerre s'amplifia, les cours furent interrompus à l'université de Rennes. Mon père exigea mon retour.

C'est dans ces circonstances que le 26 octobre 1943 je revins au pays natal.

Imprudente, au départ de Rennes j'avais fait du stop car il n'y avait plus de train. On aura peine à croire qu'un chauffeur allemand s'était arrêté et que j'ai voyagé assise, nullement inquiète, parmi des soldats ennemis, dans un camion bâché. On m'avait d'abord souri, puis négligée. À Brest, j'avais pris le car et j'étais arrivée sans encombre à Gwitalmézé. Le soir tombait. La France avait dû mettre ses pendules à l'heure allemande et les avancer d'une heure. Le drapeau nazi flottait sur le bourg, claquait au vent d'ouest.

Je m'approchai de la maison. Les aboiements du chien me firent chaud au cœur. J'entendais avec plaisir crisser le gravier. J'entrai dans la cour. Qu'est-ce que ?!... Des uniformes allaient et venaient. Robert, le second de mon père, me jeta un regard affolé. Je pénétrai plus avant dans l'allée, montai le perron, ouvris la porte latérale de la maison, celle qui donnait sur la cuisine. J'entendis des voix multiples, inhabituelles. Inquiète, je longeai le couloir tapissé de papier anglais à fleurs. La porte du salon était grande ouverte.

Adossés à la bibliothèque, deux hommes parlaient, vêtus de l'uniforme vert. Mon père, silencieux, tassé sur lui-même, semblait avoir trouvé refuge dans son fauteuil de cuir. Près de lui, respectant son silence, un officier en uniforme brun, debout, isolé. Sans doute vis-je d'abord les silhouettes appuyées aux livres. Ma mémoire me laisse croire que je remarquai ensuite les bottes de l'officier isolé. Elles me parurent gigantesques. De longues bottes noires qui brillaient. Elles brillaient, crûment saisies dans un rai de lumière oblique jeté, à travers le *bow-window*, par le soleil pénétrant du soir – étrange nuit de cuir sur le plancher blond. Cela, à côté du maître des lieux en chaussons. Je restai figée sur le seuil. Puis j'allai embrasser mon père. Il me caressa la joue et, sans un mot, me fit signe de m'éloigner.

Je notai furtivement que l'officier en uniforme brun fixait du regard, au-dessus du piano, le tableau qui représentait des goémoniers et leurs femmes en coiffe remontant de la grève derrière une charrette ruisselante d'algues et tirée par un lourd cheval gris. L'officier regardait sans avoir à lever les yeux : il était grand. Je me retirai, montai dans ma chambre. Là, je fus prise d'angoisse. Qu'est-ce donc qui nous arrive ? Je vidai ma valise en tremblant. Un peu plus tard, des talons claquèrent. Je descendis vite.

Mon père n'était plus tout jeune quand je suis née. Il avait fait la guerre de 14-18. Comme tous ceux qui en étaient revenus, il comptait bien qu'elle serait la dernière. Mais je le voyais souvent penché sur son bureau, la tête dans les mains, désespérant de l'humanité. C'est que son frère, de dix ans son cadet, avait été un résistant de la première heure, arrêté, enfermé à Brest à la prison du Bouguen, puis fusillé dans les douves où étaient dressés des poteaux d'exécution, près de la porte Castelnau. Nous avions vu le poteau ensanglanté.

J'allai dans la cuisine préparer une tisane et l'apportai à mon père resté enfoui dans son fauteuil. Je l'interrogeai.

– Ils ont besoin de logement. Un soldat va occuper le grenier au-dessus de l'écurie.

Il se tut un moment, puis :

– Un officier de l'Organisation Todt logera dans la chambre de ton frère.

– Comment ?

Cette chambre était à l'étage, au bout du couloir, au nord. Pour y accéder, on passait devant la mienne, à l'ouest. À mon tour, je m'écroulai dans un fauteuil. Nous bûmes la tisane en silence.

– Va te coucher maintenant, dit mon père.

Il plissa les paupières, esquissa un maigre sourire.

– Il vaut mieux que tu continues de dormir là-haut. Tu y es tout de même mieux qu'ici sur le sofa.

Mon père, lui, avait sa chambre-bureau, immense, au rez-de-chaussée. Il sortit dans le jardin. Accoudée à la fenêtre de ma chambre, je le regardai gagner la serre. Elle était souvent tiède le soir des quelques rayons de soleil qui avaient percé la grisaille bretonne au fil de la journée, et mon père avait coutume de s'y asseoir sur une chaise en fonte, peinte en blanc mais rouillée. Il se plaisait à demeurer là un moment songeant à sa femme, à sa vie brisée, à la guerre, au temps qui passe. Puis je le voyais quitter la serre, passer la main dans ses cheveux, redresser sa silhouette voûtée, se diriger vers l'écurie et le grand portail qu'il fermait. Je l'entendais un peu plus tard grimper le perron, essuyer ses pieds sur le paillasson. Il me lançait un bonsoir et se retirait dans son bureau. J'ignorais à quoi il s'y occupait.

Certains soirs, il enfilait une vieille veste de chasse et s'en allait pour de longues heures : il m'avait laissé entendre qu'il avait besoin d'une vie normale, que cela n'enlevait rien à son amour pour ma mère. Je comprenais et ne cherchais pas à en savoir davantage.

❧

Deux jours après mon arrivée, alors que mon père et Robert s'occupaient d'une bête dans la cour, une voiture fit crisser le gravier. Un officier descendit, joignit les talons devant mon père, salua aussi le paysan venu faire soigner sa bête. Mon père dit simplement :

– Ma fille est à la maison. Entrez par la cuisine.

L'officier s'engagea dans l'allée, suivi de son ordonnance. J'épluchais des pommes, attablée devant un cageot que j'étais allée chercher dans la remise. Les pommiers du jardin avaient donné beaucoup de fruits en 1943 ; au moins, mangions-nous de la compote en ces temps de pénurie. Éplucher des légumes ou des fruits amène à éplucher ses pensées, – saine activité. Derrière le rideau de la porte vitrée, j'entrevis une grande ombre. L'ombre tira sur le ruban d'une cloche installée autrefois par ma mère. J'ouvris la porte.

– Madame, fit l'officier en s'inclinant.

J'essuyai mes mains dans le tablier, le dénouai, abandonnai les pommes.

– Suivez-moi, murmurai-je.

Je conduisis les deux hommes à l'étage. L'officier s'approcha de la fenêtre. Les vieux murs de clôture étaient très hauts afin de couper le vent d'ouest et séparaient notre demeure d'un bois de hêtres et de chênes. Mais par-dessus le granit, on voyait les arbres secoués par le vent qui toujours soufflait, toujours sifflait. À cette saison, les feuilles rousses et dorées enlevaient de sa ténèbre à la petite forêt.

– Cela me rappelle mon pays... Décidément tout dans ce pays me rappelle le mien, dit l'officier sans me regarder.

Il s'était exprimé dans un français limpide. Il ordonna à l'aide de camp de descendre chercher son bagage. Il ouvrit la fenêtre, posa les mains sur l'appui, resta muet. Son dos était large, sa nuque longue et fine. Pareillement muette, je désignai l'armoire vidée la veille. L'aide de camp revint, jeta le grand sac sur le bureau de mon frère. L'officier le saisit, le déposa sur le tapis, essuya de sa manche le bois ciré. Puis il dit à son ordonnance de le laisser. Je m'en allai aussi. Je renouai mon tablier, et négligeai les voix, l'agitation dans la cour.

Peu après, l'officier descendit. Il frappa à la porte entrouverte de la cuisine. Je ne soufflai mot. Il entra.

L'ennemi était beau, même très beau. Une silhouette d'envergure et une belle figure. Je fus naturellement frappée par ce qui émergeait, et ce qui émergeait, c'était une expression en même temps fière et triste. Je notai les traits réguliers dans un visage charpenté : les pommettes hautes, l'arcade sourcilière soulignée et droite, le nez plutôt long et fin, les lèvres non moins droites et pleines ; dans l'ovale du visage, cela faisait un élégant équilibre des lignes horizontales et verticales. L'homme me parut blond ; il ne l'était pas vraiment, mais le teint clair donnait de la blondeur à sa chevelure. La raie sur le côté dégageait une tempe déjà grisonnante où s'esquissaient des pattes-d'oie quand l'officier plissait des yeux vert pâle, presque gris. – Un regard vaporeux dans un visage de marbre antique.

Quel âge avait-il ? Quarante ans ? Un peu plus ?

Je l'orientai vers le vestibule, vers l'entrée principale avec ses lambris de chêne. Il dit :

– C'est plus sympathique par la cuisine… Elle est jolie, votre cuisine... Ce vert, ce rose… C'est d'un autre âge… Inattendu… C'est douillet… On a chaud, rien que de passer par là...

– Ma mère avait le sens des couleurs. Elle les mélangeait avec audace, et c'était toujours harmonieux.

– Je suis peintre... Du moins, je m'intéressais de près à la peinture jusqu'à cette guerre.

– Vous êtes allemand.

– Je viens de la Baltique… de Poméranie.

Bien que la lèvre fût hautaine, la bouche esquissait naturellement un sourire. Il me tendit la main.

– Je m'appelle Hermann Christhaller.

Je craignis de paraître discourtoise et pris la main tendue. Il sortit. J'avais de la peine à me concentrer sur ma tâche. Heureusement j'étais penchée sur des pommes, non sur des livres, et tenais un couteau, non un stylo. Il s'arrêta sur le perron. Tenant la poignée de la porte, il revint sur ses pas, me dit qu'il s'occupait en particulier désormais des fortifications côtières.

– Je suis ingénieur… et architecte.

Troublée, je songeai qu'il dépendait sans doute de la Direction Générale du Génie Naval. J'avais entendu dire qu'un Commandement de la Sécurité de l'Ouest, créé par l'occupant en octobre 1940, installé à Trouville, était doté d'un état-major dont les officiers venaient des services de sécurité de la Baltique... Mon père parlait avec Robert du Groupe Naval de l'Ouest, du Seeko-Bretagne de Brest, du MAA 262 ou artillerie de marine, de la Flak ou artillerie antiaérienne... Je savais vaguement qu'un Service de l'Armement sous l'autorité du directeur du chantier naval de la Marine avait été créé, qui s'occupait de la réparation des arsenaux de France... J'avais encore entendu mon père évoquer avec Robert la légion Speer et jeter l'anathème sur les *Schutzkommandos* de l'Organisation Todt, ces commandos de volontaires français formés sous la direction des SS à Pontivy, armés et chargés d'encadrer les travailleurs recrutés pour bâtir le mur de l'Atlantique, etc. Mais je n'avais guère prêté attention à un langage qui relevait pour moi du chinois… autant que de l'allemand.

Midi vint. Je déjeunais avec mon père et Robert. Nous évoquâmes ce séjour déplaisant. Combien de temps durerait-il ?

– Qui sait ? Maintenant qu'ils ont perdu en Méditerranée et en Russie, ils ont peur d'un débarquement sur nos côtes !

– Il a aimé les couleurs de la cuisine.

– C'est déjà ça ! siffla Robert avec un regard moqueur dans ma direction.

Mon père dit qu'il devait impérativement se rendre chez un paysan à cause d'une vache qui vêlait. Comme il était en tenue de ville, je songeai qu'il allait plutôt chez sa maîtresse. Je fis la vaisselle, puis m'en allai ramasser les feuilles mortes dans le jardin. Je coupai trois roses tardives qui poussaient contre le mur. J'allais, venais, troublée par cela qui survenait. Un ennemi à figure d'ange. Était-ce possible ? Rilke me revint en mémoire : « L'ange du Beau est terrible. »

Je me rendis l'après-midi chez ma grand-mère. Elle habitait de l'autre côté du bourg, sur la route de l'Aber-Wrac'h, avec tante Anna, sœur de mon père et célibataire. Il fallait être prudent : des rails antichars étaient installés dans plusieurs rues. Je devais passer devant la Kommandantur installée, à côté du presbytère, dans la plus belle maison du village, – une maison de maître bordée de longues dépendances en granit, aux portes ogivales. Derrière la grille dont les barreaux étaient mangés par le bois enroulé d'une imposante glycine, j'aperçus un groupe d'Allemands et reconnus « notre » officier. Je hâtai le pas en descendant la côte de Keribin (on prononçait : Kéribine). Ma grand-mère et ma tante étaient au courant de cette intrusion chez nous et se réjouissaient, dans le malheur commun, d'habiter une petite maison. Elles me racontèrent que la veille, oublieuses du couvre-feu, elles n'avaient pas éteint la lumière. On avait violemment cogné à la porte, et des voix fortes avaient commandé d'ouvrir.

Terrorisées, les deux femmes s'étaient réfugiées dans une armoire, derrière les manteaux. Les Allemands étaient entrés, avaient appelé. Personne. Ils avaient éteint, puis étaient sortis en claquant la porte, et leurs voix s'étaient éloignées. Les deux femmes avaient émergé de l'armoire et filé au lit en quatrième vitesse. Nous fûmes saisies d'un rire qui faisait du bien.

Ma grand-mère était une femme vive, pleine de fantaisie, un tantinet extravagante. Elle ne prenait pas grand-chose au sérieux et quand, d'un geste du bras, elle avait envoyé valser nos tracas en les traitant de *rimadelliou* (ce qui voulait dire : billevesées, sottises), on avait honte de s'être mis martel en tête pour ça ! Selon ma grand-mère, bien peu de choses dans la vie n'étaient pas des *rimadelliou* ; on pouvait donc être heureux. Un jour qu'elle venait nous apporter des victuailles et montait la côte panier au bras, sous la pluie, un soldat allemand avait couru au-devant d'elle, lui avait gentiment pris des mains provisions et parapluie ; tous deux étaient passés devant la Kommandantur et, sur terrain plat, le soldat avait rendu à la villageoise son petit chargement.

– C'est pas un Russe qui ferait ça !... Ni même un Français !... Ah, ma petite Glaoda, il y a des jours, tiens, où je me demande si on ne ferait pas mieux de supporter les Boches quelques années !... Ils finiront bien par partir !...

– Mamoune !

En bonne Finistérienne, mamoune n'avait pas la langue dans sa poche.

– À quoi bon tous ces morts en attendant ? Comme si tout ne passait pas ! Leur moustachu ne durera pas ! Et le nôtre a un pied dans la tombe ! Sa tombe, entre nous soit dit, il aurait mieux fait de l'avoir dans les tranchées ! Et on voudrait que je chante : « Nous voilà ! » à ce vieux machin ! Jamais de la vie ! Qu'ils aillent au diable, Hitler, Pétain et toute la clique ! Ils m'embêtent avec leur guerre ! Des *rimadelliou* ! Moi, tu comprends, j'ai eu pitié de ce soldat allemand ! Pauvre garçon, va ! Qu'est-ce qu'il fait ici, loin de son pays ? Tu peux me le dire ? C'est honteux de jouer comme ça avec les jeunes gens ! Pourquoi il a pris mon panier à provisions, hein ? Parce qu'en me voyant, il a pensé à sa mère, tiens ! Sa mère obligée, je ne sais pas où, de porter son panier toute seule ! Sa mère qui n'en a rien à faire de la guerre ! Et moi non plus, j'en ai rien à faire !

– Ni moi, mamoune…

Elle s'était tue. Puis, dans un soupir tiré de ses talons :

– La guerre, tout de même, c'est suranné !

Je ne sais où elle avait entendu ce mot, mais un jour très ancien il lui avait plu, et depuis, ma grand-mère se sentait de la haute quand, l'air de rien, elle laissait tomber dans la conversation cet adjectif rare et cher, car ce n'était pas tout le monde à Gwitalmézé qui disait : « suranné » !

– Toi, mamoune, tu ne seras jamais surannée.

Ma grand-mère m'avait été d'un grand réconfort au décès de ma mère. Son tempérament réactif ! Son entrain ! Sa hardiesse contagieuse ! Son mordant aussi ! Elle évoluait avec une aisance de reine entre *rimadelliou* et suranné.

Elle me demanda comment allait mon père. J'évoquai ses absences… et une probable maîtresse. Avec ma tante elle échangea un regard qui me surprit, l'air de dire : elle ne sait pas. On mit dans mon sac des œufs, du beurre, un chou, de la bonne humeur. On me dit de ne pas me faire de souci. Et je sortis rassérénée. Un Boche à la maison ? Bah ! Il ne nous ferait pas plus de mal que les soldats qui avaient éteint la lumière chez mamoune.

Tard dans la soirée, Hermann Christhaller apparut à la porte d'entrée. Il était seul. Mon père me commanda d'ouvrir : il pleuvait à verse.

– Vous n'êtes pas le bienvenu, mais la courtoisie oblige, dit mon père.

Il invita l'officier à enlever sa capote ruisselante de pluie et à la poser sur le dos d'une chaise, près du fourneau. Comme les hommes de l'Organisation Todt, l'officier portait l'uniforme de couleur brune et un brassard sur lequel, au-dessus de la croix gammée, il y avait l'inscription : « Org. Todt ». Je dis à l'officier qu'il connaissait le chemin jusqu'à sa chambre et le laissai au pied de l'escalier.

Il vit là une bibliothèque vitrée, s'arrêta.

– Est-ce que je pourrais… ?

J'ouvris la porte du meuble. Il regarda le dos des livres. C'étaient des albums de peinture. Il en prit un consacré à Charles Cottet. Je lus l'interrogation sur son visage.

– C'est un peintre breton, dis-je. Il a peint des tableaux sombres, des femmes en deuil, des femmes qui attendent en vain au bout d'une jetée le retour de leur mari parti en mer… En mer ou à la guerre…

– Puis-je vous l'emprunter ?... Moi aussi, je suis du bord de mer... Je suis né à Greifswald, sur la Baltique... À une autre époque, je serais né suédois… J'aurais été un autre, sans doute… Ou le même, qui sait ?… Je vis habituellement à Dresde… Bonsoir, mademoiselle...

Je rejoignis mon père qui m'emmena dans son bureau. Il m'ordonna de bien fermer la porte et sortit son petit poste de radio. Nous écoutâmes en secret la voix des ondes. Puis mon père éteignit, rangea le poste dans sa cachette. Il paraissait tourmenté. J'évoquai l'Allemand. Je hasardai qu'il ne paraissait pas devoir être dérangeant pour notre vie privée.

– C'est un artiste, je crois. Il est du pays de Caspar David Friedrich.

– C'est un nazi, Glaoda.

Il me dit qu'il devait ressortir.

– Je reviendrai tard dans la nuit. Surveille-le discrètement. Qu'il ne franchisse jamais le seuil de mon bureau ! Je vais désormais fermer à clé. Monte et dors bien, ma petite fille.

Je montai, fis ma toilette. En robe de chambre, je m'installai à ma table de travail, ouvris des livres de littérature française, les refermai. J'en saisis d'autres, de littérature allemande. Pourquoi nous faisons-nous la guerre ? me disais-je, l'harmonie est si facile et agréable. J'entendais craquer le plancher au fond du couloir dans la chambre de mon frère. J'avais du mal à me concentrer. Il faisait froid. Je me glissai sous les draps, éteignis la lampe. J'aimais ma chambre que dorait la lumière du couchant. La pluie s'était arrêtée, un rayon de lune argentait mon univers. Des étoiles clignotaient. La chambre au bout du couloir donnait au nord. Elle est sombre et froide, me dis-je. Je n'y songeais pas quand mon frère était là.

II

Mon père avait donné à sa famille des habitudes matinales, car il partait très tôt en tournée chez les paysans. Je buvais mon thé dans la cuisine lorsque le lendemain à sept heures j'entendis descendre l'officier. Je tins suspendu le bol entre mes mains. Le pas hésita au bas des marches. On se dirigeait vers le vestibule, on rebroussa chemin. J'étais tendue. On se rapprocha de la cuisine. La porte était, comme toujours, entrouverte.

– Bonjour, mademoiselle.

– Bonjour… monsieur…

L'officier croisa les bras et se frotta énergiquement les épaules.

– Vous avez froid…

J'ajoutai que la maison était mal chauffée, que nous devions économiser le charbon.

– Il n'y a pas de vrai café, seulement de l'orge grillé… Voulez-vous du thé ?

– J'en bois rarement… Mais pourquoi pas ?… J'ai froid, en effet.

Poliment distante, je lui dis de s'asseoir, disposai devant lui une tasse, du pain noir, un peu de beurre.

– Merci… C'est agréable, le chant d'une bouilloire… le chant d'une maison de femme…

Nous restâmes un moment silencieux. Le silence se mit à peser. Il avait envie de parler, moi aussi. Chacun se disait que le silence était un peu ridicule. Nous étions des ennemis, mais des êtres humains doués de parole. Il fallait échanger des mots. N'importe lesquels, pour commencer. C'est lui qui commença.

– Ainsi vous aimez la peinture, fit-il avec un sourire engageant.

– Ma mère peignait. Elle installait son chevalet dans le jardin.

–Vous avez un beau jardin… Un jardin civilisé… C'est ce qui manque aujourd'hui, un espace civilisé qui civilise les gens…

Je répondis que ma mère disait de son jardin qu'il était un *hortus conclusus*. Il eut l'air surpris.

– Un jardin médiéval, très ordonné, avec des plantes médicinales, un jardin propice à la méditation… Vous êtes né à Greifswald, disiez-vous ?

–Vous connaissez ?

– De nom, à cause de Caspar David Friedrich.

– C'est un peintre que j'aime beaucoup… J'ai grandi dans son ombre…

Il dit qu'enfant il passait ses vacances dans l'île de Rügen, en face de Greifswald et des paysages peints par l'artiste, et que plus tard il avait étudié la théologie à l'université de Greifswald avant de s'installer à Dresde. Il ajouta :

– Comme Friedrich !... Il était célèbre de son vivant… Il a été oublié… On recommence à s'intéresser à son œuvre… Elle est originale… Et sa pensée si puissante…

Je dis que l'atmosphère spirituelle des tableaux me plaisait.

– Ses paysages ressemblent aux dunes de mon pays… que vos blockhaus dénaturent.

– Je n'ai pas voulu cela... Croyez-moi...

Je poussai vers lui la coupe de fruits. (Il restait encore quelques grappes de raisin dans la serre.)

– À Gwitalmézé, on souffre moins qu'à Brest des restrictions. Mon père est vétérinaire, et les paysans le paient souvent en nature.

– Je ne voudrais pas vous faire du mal…

L'officier se leva, prit sa casquette et son pardessus, picora un grain de raisin.

– Est-ce que je peux sortir par là ?

Il désignait la porte de la cuisine. Sur le seuil, il regarda à droite, à gauche.

– Quelle paix !

Subitement je vins lui faire face et le regardai sans ciller.

– D'ici on n'a pas entendu le bruit des fusils qui viennent de mitrailler au Mont Valérien les Brestois que vous avez condamnés à mort pendant l'été.

Dix-neuf ouvriers de l'Arsenal avaient été exécutés au Mont Valérien le 23 septembre 1943, après que le tribunal de guerre nazi les eut condamnés à mort le 28 août, certains comme francs-tireurs, d'autres pour des actes de terrorisme ou de sabotage dits « agissements en faveur de l'ennemi », d'autres encore pour avoir « entrepris de recréer activement le Parti Communiste illégal ».

Les yeux verts de l'officier parurent se rembrunir sous les sourcils épais.

– À quoi bon, n'est-ce pas, vous dire que je n'y suis pour rien ?

Il s'éloigna. J'entendis crisser les graviers, mais aucun moteur ne démarra. Une voiture l'attendait-elle plus loin ? Se rendait-il à pied à la Kommandantur ? Perplexe, je lavai la vaisselle, pris un balai, un chiffon. Je frottai avec énergie. Puis j'allai m'occuper de nos chevaux, à mon père et à moi.

À Gwitalmézé, le bruit s'était vite répandu que nous hébergions un officier allemand. On m'en parlait quand je traversais le bourg. « Espérons que le séjour sera bref. Papa peut continuer de travailler et de se déplacer à cheval, c'est l'important ! » Je ne me confiais qu'à ma grand-mère et à ma tante. J'allais les voir chaque jour. Elles élevaient des lapins, des poules ; cela me procurait des œufs et un peu de viande que je cuisinais pour mon père.

C'est que je devais remplacer Eudoxie aux fourneaux. À la mort de ma mère, ma grand-mère avait déniché une « perle » pour tenir la maison de son fils. Mais la « perle » avait croisé Hermann Christhaller dès son arrivée chez nous et décrété qu'elle ne pouvait servir une minute de plus dans une maison fréquentée par un Boche :

– Ah non, monsieur ! Balayer derrière un Boche ! Avec la honte ! Faut pas me demander de travailler dans une maison qui est sens dessus dessous ! Tout mais pas ça ! J'ai ma fierté, monsieur !

Eudoxie avait illico rendu son tablier.

*

Un soir, j'avais mis un poulet au four quand j'entendis le chien aboyer. On montait le perron. Quand on cogna, je tenais déjà la poignée de la porte. Je l'avais fait spontanément, – comme en temps de paix. Était-ce mal ? Ce qui est mal surtout, n'est-ce pas de se demander avant chaque geste aimable s'il faut le faire ou non ? J'étais d'un naturel affable. Fallait-il que je cesse de l'être et ajoute sous mon toit aux comportements détestables de la guerre ? Me montrer ennemie dans la vie privée envers l'officier ennemi dans la vie publique ne pouvait qu'accroître la guerre et donner davantage à désespérer de l'être humain. Si l'homme pouvait, au moins sous mon toit, cesser d'être un loup pour l'homme, ne fallait-il pas saisir cette chance ? Même, et dût-il m'en coûter, n'était-ce pas mon devoir de saisir cette chance ?

Je dois avouer que les jours passant, il m'en coûtait de moins en moins. Quand je rentrais de chez ma grand-mère, j'étais émue à la pensée que j'entendrais bientôt les pas de l'officier dans le vestibule. Du reste, ses pas s'y firent plus rares : il prit l'habitude de n'entrer plus que par la cuisine.

Il se dégageait donc ce soir-là du fourneau une bonne odeur de poulet en train de rôtir.

– C'est propre ici, et joli… J'aime ce qui est joli et propre… Vous avez le goût du détail... Moi aussi...

L'homme sourit d'aise. Son français parfois hésitant, ou son accent, donnait une allure pondérée à ses propos.

– Quel univers délicat !... féminin !… On est loin des casemates et des batteries d'artillerie… Je voudrais vous dire… J'ai plaidé en faveur des ouvriers de l'Arsenal… Je les appréciais… J'avais, en particulier, une grande estime pour l'un d'entre eux qui était, comme beaucoup de Brestois, un récalcitrant… Je soupçonnais ses actes de désobéissance… Mais je les rapportais aux actes de ceux qui dans mon pays ont lutté contre les forces d'occupation de votre Führer à vous...

J'eus l'air étonné.

– Votre petit caporal corse !

Il dit qu'il avait refusé d'assister au jugement des ouvriers après avoir exprimé son désaccord et que depuis ce moment, on lui avait confié de plus en plus de missions ailleurs qu'à l'Arsenal…

– C'est peut-être dommage pour certains de vos compatriotes… Il y a des hommes bien à l'Arsenal… Des Français… Et des Allemands, quoi que vous pensiez… Certains viennent de Dresde, et nous évoquons des souvenirs communs, ça fait du bien…

Récemment il avait remarqué que le cachet de l'OT avait servi à truquer des cartes de travail pour ceux qui voulaient échapper au STO et s'était aperçu que des soldats allemands fournissaient des *Ausweis* à des jeunes Français.

– Je me suis tu…

L'officier ne jetait pas les yeux sur ce qu'il voyait, il appuyait posément le regard ; cela mettait un peu mal à l'aise, car on avait l'impression qu'il allait prendre en défaut ce qu'il voyait. Je soutins d'autant plus ce regard.

– Savez-vous, monsieur, que le 10 juillet 1940 à Vichy, sur quatre-vingts parlementaires qui ont voté contre l'octroi des pleins pouvoirs à Pétain, il y a eu les sept députés du Finistère ?

J'avais entendu mon père en parler, j'en étais fière, et répétais ingénument, sans connaître grand-chose à l'affaire.

Cela dit, je devais me passionner plus tard pour cette période de notre Histoire et j'apprendrais qu'en effet, il y eut, en mars 1943, à l'Arsenal de Brest des Allemands antinazis, originaires de Dresde (un port aussi, mais fluvial). Ils furent contactés par des ouvriers français parlant allemand et dissimulés sous l'uniforme vert. Ensemble, mais peu nombreux, ils fondèrent le POI, Parti Ouvrier Internationaliste, et créèrent un journal clandestin Arbeiter und Soldat. *Ils rejetaient une guerre impérialiste, nationaliste, rejetaient de Gaulle et Staline qui incarnaient l'un une bourgeoisie capitaliste, l'autre un « État ouvrier dégénéré ». Le 6 août, des soldats allemands de ce groupe osèrent traverser le village du Relecq-Kerhuon en chantant* L'Internationale. *La Gestapo infiltra vite la petite équipe et, en octobre de la même année, arrêta, tortura, fusilla ou déporta la plupart d'entre eux ; le groupe fut démantelé. Ces trotskystes de Brest ont représenté, dit-on, un cas unique dans la Résistance. Mais à la Libération, loin de rendre hommage aux jeunes ouvriers internationalistes, le Parti Communiste Français devait les traiter de hitlero-trotskystes.*

Hermann Christhaller avait ouvert la porte de la cuisine et se tenait face au jardin.

– On voit bien la Grande Ourse ce soir... À Rügen aussi, on la voit... Je me suis plu à l'Arsenal... J'aime les chantiers... Et j'aimais le matin retrouver la besogne concrète, précise qui m'attendait... Je me sentais loin de l'idéologie de la guerre... Mais j'avais envie d'être encore plus près de l'eau... et affecté à un poste de moindre responsabilité... Croyez-moi ou non, je ne supporte plus cette guerre... J'ai étudié un peu l'astronomie autrefois... C'était à Berlin, à l'Université Humbolt... Je vous parlerai un jour de cette université humaniste, baptisée « Alma mater »... J'aime la Grande Ourse, c'est une présence maternelle et chaude là-haut...

L'officier pivota. Tourné vers moi :

– Quelle chance, les étoiles !...

L'idée me traversa que cet homme était tombé du ciel.

– Je pense, mademoiselle, que nous devons, vous et moi, nous faire les avocats sinon de la paix, du besoin de paix...

Prise de court, à mi-voix :

– Je m'appelle Glaoda, dis-je, tandis qu'accroupie devant le four et fuyant son regard, j'étais occupée à retourner le poulet.

– Glaoda... C'est très doux...

– Il faudrait dire Klaoda, Claude en breton, mais Glaoda est plus facile à dire. C'est ma grand-mère qui a commencé à m'appeler ainsi. Toute la famille a suivi.

Je fermai la porte du four, me relevai. Lui, en souriant :

– Ça sent bon...

– Avez-vous mangé ?

– Parler avec vous me ferait du bien...

J'hésitai. Puis :

– Le dîner sera prêt dans une demi-heure, murmurai-je.

– Oh, merci !... Je vais me changer...

L'officier monta dans sa chambre.

❧

Mon père revint. Il avait soigné des chevaux réquisitionnés par l'occupant. Il remarqua le couvert mis pour trois, me jeta un regard fâché.

À table néanmoins, il fit bonne figure. Les deux hommes évoquèrent la guerre de 1914, la boucherie des tranchées et la guerre en général. L'officier parla de Sun Tzu, un penseur de la guerre qui avait vécu en Chine, quatre cent ans avant notre ère, avait théorisé la guérilla et montré combien elle est, en regard de la stupide guerre frontale, une guerre qui fait appel à l'intelligence.

– La plus grande intelligence consisterait à ne pas faire la guerre du tout, lançai-je.

– Hélas, « le paradis est à l'ombre des épées », mademoiselle.

Un sourire nous vint à tous les trois. Mon père lui dit qu'il parlait un français impeccable.

– Je l'ai étudié... Et j'ai séjourné enfant dans le Midi de la France, à Sanary-sur-mer.

– Ma fille et moi parlons assez bien l'anglais : ma femme avait vécu sa jeunesse à Jersey.

– D'où l'atmosphère *cosy* de cette maison ?

– Elle est morte il y a cinq ans.

L'officier me jeta un regard appuyé. Puis la conversation tourna autour de l'Histoire. L'Allemand disait l'humiliation ressentie par son peuple du fait de Clemenceau, de Poincaré et des exigences financières de la France qui avaient mis son pays à genoux pendant trop d'années après 1918. J'écrasai avec malice le pied de mon père sous la table ; petite fille, si souvent je l'avais vu s'emporter contre le Tigre qui n'allait pas manquer de nous attirer les foudres germaniques, entendu parler de l'esprit de vengeance, maudire l'Alsace-Lorraine qui nous valait des ennuis ! L'officier disait que cette guerre-ci, les Allemands ne l'avaient pas voulue, que le Führer, oui, la voulait, et que le peuple appauvri, rabaissé par la France, avait cédé à la volonté du Führer, s'était laissé gagner par sa fougue, et tout de même, le Führer avait supprimé le chômage en Allemagne... L'officier disait : le Führer, non Hitler. Il disait : le peuple, non les nazis. Il parlait des soldats allemands, non des SS.

– En ce moment, vous occupez la France et vous nous humiliez !

Hermann Christhaller plongea ses yeux dans les miens. Je crus lire : Je ne vous humilierai pas. Alors il parla de la Prusse. Il parla de Goethe qui s'était passionné pour la Révolution française jusqu'à ce que Napoléon surgisse, envahisse l'Allemagne, se l'approprie.

– Cette guerre est peut-être notre revanche... *Vivat Tutonia !*... Le national-socialisme n'est pas étranger, vous savez, aux traces laissées par votre dictateur... Ce qui arrive après est voulu par ce qui est arrivé avant !... Aujourd'hui vous me voyez allemand... Il aurait suffi de si peu pour que vous me voyiez suédois... Non, vous ne m'auriez pas vu alors...

– Suédois ?

Il nous apprit que la région de Greifswald avait d'abord été occupée par des Germains, ensuite par des Slaves, qu'un couvent cistercien s'y était établi en 1231, et qu'après avoir fait partie de la Poméranie suédoise en 1648, la région était devenue en 1815 une partie de la Prusse.

La chaleur du four avait gagné la cuisine, y répandait de la convivialité. L'officier dit que le poulet était bon, les pommes de terre aussi. Il mangeait avec appétit ; s'y lisait un appétit de vie.

– C'est vendredi, jour de poisson. Les pêcheurs hélas ne sortent plus depuis que vos blockhaus pointent leurs canons sur la mer !

Il y avait des silences. Mais aucun ne voulait laisser passer la chance d'une explication à la situation actuelle et, l'air de rien, chacun relançait tour à tour le dialogue.

– Ma chère Poméranie en a vu de toutes les couleurs !... et de toutes les langues !... Suédoise, allemande, danoise, encore allemande... Je vous raconterai, un jour... Si vous voulez bien...

Le regard limpide de l'officier se perdit au loin. Il évoqua Rügen. Il dit que l'île, sur les bords de la Baltique, était devenue pendant la guerre de 1914 un lieu de villégiature. Ses parents y avaient une maison tout près de la plage. Je demandai si l'île était grande.

– Non, pourtant la plus grande d'Allemagne... Cinquante kilomètres par quarante... Elle est jeune, très jeune : quatorze mille ans !... Issue de la fonte des glaciers... Ce pourquoi la Baltique est peu salée... Sur le rivage, on trouve l'ambre qui, elle, est ancienne... Quarante millions d'années !... C'était l'époque où la Baltique avait un climat subtropical... La résine dégouttait des conifères géants... Elle s'est fossilisée... Quarante... ou cinquante millions d'années, on ne sait pas trop...

– Qu'est-ce que dix millions de plus ou de moins ? dis-je.

Il me coula un regard amusé.

– Le temps passe au-dessus des aléas politiques et des divisions territoriales comme un oiseau au-dessus des terres différentes... La vie plane au-dessus des vivants...

Il se mit à raconter comment les Grecs appelaient l'ambre *elektron* parce qu'en frottant cette résine fossilisée, elle produisait de l'électricité, et comment c'est après un orage accompagné de puissants vents du nord, que tôt le matin, à la lumière d'une torche, on ramasse l'ambre sur la plage, car la pierre remuée jette alors des feux que les « pêcheurs » détectent dans la nuit. Il dit que dans la relation de son voyage en Germanie, Tacite avait noté son étonnement et son admiration pour l'ambre, symbole de jeunesse, de santé, qui valait à l'époque son poids d'or.

Je vis, à l'évocation de Tacite, s'aiguiser l'intérêt de mon père pour l'étranger.

– Quand j'étais enfant, je ratissais le sable sur la plage de Binz, je voulais trouver les pierres les plus riches, celles qui renferment un insecte à l'intérieur ou qui sont irisées parce qu'elles ont subi une « explosion fixe »... Je revenais avec des petites pierres toutes simples ! mais tièdes et veloutées comme du miel, que j'offrais à ma mère... Elle portait des colliers d'ambre... Après la guerre, mademoiselle, je vous offrirai un collier d'ambre...

Mon père eut un air réprobateur. L'Allemand n'y prêta pas attention et poursuivit, sensible à l'esquisse d'un sourire qui démentait mes yeux baissés.

– Rügen est une île verte, avec des champs, des bosquets, et une forêt, la forêt de Jasmund... Elle est si feuillue que les voitures la traversent le jour avec les phares allumés... Une route comme un tunnel !... Mais la côte est ensoleillée, l'air y est pur... C'est pourquoi Rügen était au XIXe siècle la destination estivale des gens fortunés...

Il dit qu'un pont construit en 1936 pour la relier au continent en avait fait la plus fameuse station balnéaire de l'Allemagne.

– Il y a là-bas des *Bodden*... L'équivalent de vos *abers*...

Hermann Christhaller parlait d'abondance, avec une simplicité étonnante. Mon père et moi échangions des regards furtifs. J'avais l'impression que l'officier s'était longtemps tu, venait de trouver un lieu où s'exprimer, parce que l'air parlait de paix. L'air était tiède et rassurant, et l'hôte prenait son temps. La pendule sonna dix heures. Brutalement il passa la main devant les yeux, sembla se rendre à la réalité.

– Excusez-moi… Votre pays est si semblable au mien, il m'y ramène... J'ai là-bas deux enfants… Ils vivent officiellement à Dresde avec leur mère… En fait, à Hambourg chez mes parents… Qui s'en occupent… Ils les protègent des *Hitlerjugend*… C'est par eux que j'ai de leurs nouvelles…

– Comment s'appellent-ils ?

– Heinrich et Gustav… Dix et huit ans… Mes parents les ont emmenés à Rügen cet été, ainsi ont-ils tous échappé aux bombardements au napalm de vos alliés en août sur Hambourg… Cinquante mille morts en un seul raid, monsieur !...

Je servis des pommes cuites. Les deux hommes en vinrent à évoquer l'Organisation Todt, les entreprises de bâtiment forcées de collaborer avec l'occupant, les ouvriers contraints de se soumettre pour faire vivre leur famille : si la Todt organisait les travaux, ceux-ci étaient réalisés par des entreprises privées. L'officier parlait de vingt-sept entreprises allemandes, sans compter les entreprises françaises, de ciment en particulier, dont la Société de construction des Batignolles…

– Et Campenon associée à l'allemand Berger dans l'entreprise Bergtcamp, souligna mon père.

Depuis avril 1942, près de dix mille personnes, huit mille réquisitionnées, travaillaient au port de Brest pour la Todt : Brestois, Hollandais, Italiens, Juifs aussi et beaucoup de républicains espagnols réfugiés. S'y adjoignaient maintenant des prisonniers de droit commun.

– Sachez, monsieur... Dans ce village de marins, nous n'aimons pas les Allemands, mais nous n'aimions pas non plus les Anglais au début de la guerre, parce qu'ils ont attaqué la flotte française à Mers El-Kebir le 3 juillet 1940. Nombre de Finistériens étaient à bord des bâtiments coulés sur ordre de Churchill… Ils ont laissé des veuves, des orphelins, des parents éplorés…

J'intervins et dis que mon frère était à bord du cuirassé *Bretagne* qui avait explosé et sombré avec son équipage.

– Ah…

– Dans les rues de Gwitalmézé, il y a comme un refrain : son mari est mort à Mers El-Kebir ! Son fils est mort à Mers El-Kebir ! Son père est mort à Mers El-Kebir !… Ça n'en finit pas…

– Cette tragédie a suscité dans la région de Brest et ici, en particulier, dit mon père, une fureur contre la « perfide Albion ». Voyez-vous, notre région doit soutenir un « allié » qui a commencé par la mutiler…

– Et qui continue ! m'exclamai-je, puisque les Anglais lâchent sur vos installations des bombes qui détruisent autant les immeubles d'habitation !… Au moins, Hambourg a été touché par des bombes ennemies !

– L'esprit réfractaire des Bretons a naturellement été avivé par ces tribulations, conclut mon père.

– Je n'en doute pas !… C'est dans le Finistère qu'on trouve le plus fort taux d'écoute de la BBC !… Vous êtes « intoxiqués », dit-on à la Kreizkommandantur… 75 % des jeunes à Brest et à Morlaix sont déclarés inaptes au STO !… Parmi ceux qu'on arrive à recenser !… Les dossiers nécessaires à l'embrigadement sont égarés, détournés !… Vous chantez *La Marseillaise* et *Le temps des cerises* quand un convoi prend le départ !… Et le convoi doit s'arrêter au bout d'un kilomètre pour cause de sabotage !… Même Victor Eusen, ce brave boucher qui a accepté de remplacer votre maire et qui est un médiateur raisonnable, vous le faites, comment dites-vous en français ?… tourner en bourrique !… lança l'officier avec une sorte d'ironie bienveillante.

Mon père n'ajouta pas que dès le 17 juin, de jeunes Finistériens avaient fait voile vers la « perfide Albion », pris le « maquis marin » (si l'on peut dire) à l'approche des chars allemands et l'avaient fait sans savoir qu'un colonel les avait précédés à Londres, qui lancerait le lendemain un célèbre appel.

– Je ne veux pas vous imposer ma présence…

L'officier plia sa serviette, la lissa, et se leva. Mon père et moi restâmes assis, tandis qu'en réponse au salut nous disions – un peu honteusement – « Bonsoir ». Il ferma la porte derrière lui, nous entendîmes ses pas dans l'escalier.

– Pourquoi tout ça ? dis-je à mon père.

– Parce qu'ils ne veulent pas ou ne savent pas se défaire de Hitler… Enfin, pas seulement… Parce que, ma petite fille, l'homme a besoin d'être stimulé et que la guerre est un excellent stimulant… C'est trop compliqué… La pensée peut être nuancée, mais les actes sont directs, tranchants… C'est pourquoi ceux qui agissent…

Il ne termina pas sa phrase, ajouta seulement :

– À demain… Garde-toi des situations inextricables, Glaoda.

Je raconte aujourd'hui des choses qui se sont passées il y a vingt ans ; j'avais la moitié de mon âge. Peut-être Hermann ne s'est-il pas exprimé tout à fait dans les termes que je crois néanmoins transcrire. Je répète ses propos comme il me semble les avoir entendus. Je dis les choses avec honnêteté, comme je les ai vécues. – Et je continue de caresser l'absent sous les mots.

III

Le matin généralement, je ne quittais guère ma chambre, penchée sur des livres (les cours reprendraient bien un jour !). L'après-midi, je faisais un peu de jardinage. Il y avait des feuilles mortes. Je les ramassais dans une grande corbeille en osier que je reversais au fond du jardin dans le coin fouillis où Amédée préparait le compost.

Le lendemain du dîner étrangement convivial, je songeais à la guerre interminable, je songeais à l'officier qui avait prononcé mon nom avec un accent qui aurait pu être dur, avait résonné à mes oreilles avec une douceur qui s'était insinuée partout en moi. Amédée vit le tas de feuilles, me trouva dynamique et de bonne humeur. Il répara le balai à herbes sur lequel j'avais trop appuyé et dont j'avais tordu les lames.

– Eh bien, Glaodina, je ne savais pas que tu étais dans la Résistance et que tu avais pour mission de saboter mon matériel !

Lui et moi, travaillâmes côte à côte jusqu'au soir. Le vieil Amédée avait décidé une fois pour toutes d'ignorer la présence des Allemands. Il vaquait à ses occupations ni plus ni moins qu'avant la guerre, car des empêcheurs de tourner en rond, disait-il, il en avait vu d'autres !

Quelques jours passèrent. Il faisait nuit. J'avais fait la vaisselle et rejoint mon père dans le salon. Il disposait des bûches dans la cheminée quand Hermann Christhaller s'arrêta sur le seuil. Mon père parlait de François et déplorait son absence. Visiblement l'officier désirait qu'on lui fît signe. Je l'invitai à entrer, sans offrir un siège.

– Je vous demande pardon… Qui est François ?

– Un de mes aides. Il est en Allemagne depuis trois mois. Vous l'avez réquisitionné pour le STO.

– Pourtant nous employons à l'Arsenal, grâce à l'accord Speer-Bichelonne, des STO bretons à qui nous donnons l'occasion de rester à Brest… En plus, les ouvriers sont bien payés…

– Sur les frais d'occupation, monsieur.

– C'est vrai…

Chacun était agacé et intéressé par l'autre. Mon père désigna un fauteuil à l'officier, lui apprit comment Brest avait été envahi par les Allemands le 19 juin 1940, comment la cinquième division Panzer était entrée dans la ville du Ponant et avait hissé le drapeau nazi sur le toit de la mairie…

– Après que les ouvriers brestois eurent sabordé l'Arsenal !…

– Vos compatriotes ont aussitôt réquisitionné les deux plus beaux hôtels, dit mon père en maniant le soufflet devant le feu.

L'hôtel Moderne abritait la Kommandantur ; le Continental, le QG du *Generalleutnant* Lemelsen, gouverneur de Bretagne.

Quelque chose se passait entre les deux hommes. Un besoin non de convaincre, de comprendre. Ils parlèrent du mur de l'Atlantique. L'officier dit qu'en effet, après la rupture du pacte germano-soviétique le 22 juin 1941 et le départ de nombre de divisions allemandes pour le front russe, Hitler avait décidé le « Renforcement du programme de défense à l'Ouest » :

– Une partie de nos soldats étant partis sur le front de l'est, il fallait bien qu'à l'ouest un mur de béton remplace le mur humain !

– Et c'est parce que ce mur de béton, commencé en 1942, n'est pas encore opérationnel que votre Führer confie maintenant à Rommel l'inspection générale des défenses côtières ?... Mais la ligne Siegfried, six cents kilomètres, ce n'est pas le mur de l'Atlantique, quatre mille kilomètres !... Il a du travail sur la planche, votre commandant en chef de la « forteresse européenne » !

– Le commandant en chef de l'Ouest est le général von Rundstedt... Beaucoup de choses ont contribué à ralentir la construction de la *Festung Europa*...

Tous deux savaient que parmi ces choses il y avait, outre les bombardements britanniques, la faiblesse des unités allemandes sur place, leur manque de blindés, le soutien dérisoire apporté par la Luftwaffe et la Kriegsmarine, et surtout les tensions et les divergences de vues au sein de l'état-major allemand. Je pris un air très sérieux pour lancer :

– Tout droit foncent les aigles, dit-on... dans le mur parfois !

L'officier opina en souriant.

– Vous êtes si fraîche !

Je me sentis surtout naïve. Les deux hommes évoquèrent la ligne Maginot. Chacun aurait voulu dire des choses, prenait soin de ne pas trop en dire. Mon père rappela que Hitler avait déclaré : « La guerre sera gagnée ou perdue en Norvège ». L'officier haussa les épaules dans un geste fataliste.

– Vous semblez bien connaître la situation, monsieur... Oui… Le Führer a même lancé le 20 juillet de l'année dernière : « Les Russes sont finis ! »… Depuis, nous avons perdu Stalingrad, Smolensk, Koursk... La conduite des opérations a été désastreuse… Personne n'était d'accord…

Nous étions surpris par le ton désabusé de l'officier. Il perçut notre étonnement.

– Je connais Rommel depuis longtemps… C'est un homme bien, consciencieux... Mais c'est un militaire, pas un ingénieur… C'est pourquoi on a pensé à moi pour cette portion de littoral… Je voulais rester en Bretagne… Comme la base sous-marine de Brest, l'*Atlantik-Wall* suppose une direction technique et, je vous l'ai dit, j'aime les chantiers… Conjuguer le travail intellectuel et manuel me plaît… La main !... Se servir de ses mains, tendre la main, serrer la main !... Quel bonheur d'avoir des mains !...

Il se tut. Je songeai que cet homme de la Baltique n'était pas un marin. C'était un terrien de la mer, si je puis dire. Les pieds sur terre, le regard en mer. Un Cimmérien : un homme du rivage. Cela m'était fraternel et me plaisait.

– Je suis un officier du génie... Je n'appartiens pas à la Wehrmacht, mais à l'Organisation Todt... Regardez…

Il nous montra sur sa vareuse un insigne représentant une pelle et une épées croisées. D'une voix calme :

– J'aime mieux la pelle que l'épée… J'aime surtout le pinceau…

Une parenthèse s'impose. De ces événements j'avais à l'époque une connaissance lacunaire : je saisissais des bribes au hasard des conversations. Bien des années après que les choses se sont passées, je me suis passionnée pour le sujet et documentée.

L'Organisation Todt était le service de génie de la « Défense lointaine ». Elle tenait son nom de l'ingénieur civil que Hitler avait chargé avant la guerre de construire des routes et des autostrades en Allemagne. Fritz Todt avait créé son « organisation » en 1938 afin de construire le Westwall *ou ligne Siegfried. En 1940, Hitler nomma « ministre du Reich pour l'Armement et les Munitions » l'ingénieur aussi doué que loyal et lui confia le « Groupe d'Intervention Ouest », c'est-à-dire la défense du front occidental. Le siège était à Paris sur les Champs-Élysées, et des directions supérieures étaient installées dans les villes côtières ; l'une de celles-ci fut mise en place à Brest en août 1941. L'OT-Ouest y eut pour mission d'abord d'aménager les infrastructures portuaires, ensuite d'édifier le mur de l'Atlantique sur l'arc nord-ouest du littoral.*

L'Organisation Todt était ainsi une agence de construction civile, paramilitaire, mise au service de la Wehrmacht, mais qui, à cause de dissensions avec l'armée et Göring, allait très vite dépendre directement du Führer. Ensemble maître d'ouvrage et maître d'œuvre, la Todt contrôlerait les travaux publics et toutes les branches du bâtiment pendant la guerre.

Le 8 février 1942, le docteur Todt mourut dans un accident d'avion en Allemagne (il avait la veille entretenu Hitler de son pessimisme quant au déroulement de la guerre sur le front russe et l'avait, à nouveau, supplié de négocier). Albert Speer, qui visait son poste et, quelques heures avant l'accident, avait renoncé à monter dans l'avion, remplaça Todt aussitôt, à la fois comme chef de l'OT et ministre des Armements.

Sans tarder, le 23 mars 1942, Hitler ordonna à Speer de construire d'ici l'été 1943, sur quatre mille kilomètres de côtes, quinze à vingt casemates par kilomètre, équipées de batteries d'artillerie antiaériennes. Il y aurait des ensembles fortifiés aux points stratégiques et un maillage continu du littoral, de la Norvège au Golfe de Gascogne.

En vue du chantier, la Todt réquisitionnait des personnels de direction, d'administration, des techniciens, des ouvriers spécialisés dans le terrassement, la peinture, le coffrage, le bétonnage, le ferraillage, le camouflage, aussi des camions pour le transport des matériels, etc.

Le 5 novembre 1943, Rommel fut chargé par Hitler d'une « mission d'études » sur le mur de l'Atlantique. Il conçut trois lignes de défense destinées à baliser les plages selon l'importance des sites à défendre – trois séries d'obstacles successifs : au plus près de l'eau, asperges dites de Rommel, hérissons tchèques, dents de dragon, portes belges, etc. ; derrière, points d'appui équipés de postes de tirs, notamment ceux avec une ouverture circulaire pour positionner mortiers et mitrailleuses et qu'on appelait tobrouks parce que Rommel les avait multipliés en Libye, soutes à munitions, mines, barbelés ; derrière encore, centres de radar et postes de commandement.

L'ensemble fortifié était codé Festung B.

Cela dit, c'est d'abord de Brest que Hitler entendait faire une « forteresse de béton ». La ville occupait une position stratégique et constituait, avec sa rade et son Arsenal, une base de premier ordre dans la guerre océane. Aussi était-elle devenue au printemps 1941 le port d'attache des sous-marins allemands dont l'abri était installé au fond de la rivière Penfeld, ainsi que des trois fleurons de la marine allemande : les cuirassés Gneisenau, Scharnhorst et Prinz Eugen.

Avant de travailler au mur de l'Atlantique, l'ingénieur Hermann Christhaller avait travaillé à l'Arsenal de la Royale devenu Arsenal de la Kriegsmarine. Il logeait alors à Brest.

L'amirauté nazie l'y avait envoyé en 1941 pour participer à la construction de la base sous-marine et veiller à l'entretien des

U-boote *surnommés « loups gris » ou « cigares d'acier », dont Dönitz était le commandant suprême, et qui, à partir de Brest, avaient pour tâche de couper les liaisons entre la Grande-Bretagne et l'Amérique.*

Hermann Christhaller avait alors pour mission surtout d'assurer la protection de la Kriegsmarine contre les raids de la Royal Air Force sur les installations du port brestois et de surveiller la réparation des cuirassés qui revenaient endommagés de leurs patrouilles dans les zones périlleuses de l'Atlantique ; au printemps 1941, ces cuirassés étaient restés quelques mois en cale sèche en vue d'être entièrement révisés. Hermann Christhaller avait collaboré aussi à la construction des « ducs d'Albe », caissons de béton enfoncés dans la rade, auxquels pouvait s'amarrer un bâtiment de surface et qui, d'abord destinés au Bismark *torpillé et coulé par les Alliés juste avant son arrivée à Brest, allaient surtout servir au* Prinz Eugen. *Les sous-marins, eux, logeaient, au pied de l'École navale, dans un immense bunker qui comportait treize alvéoles, chacune abritant deux « stylos ». Le toit du bunker, sur lequel étaient installés des matériels de la Flak, avait sept mètres d'épaisseur afin de résister aux bombardements alliés. Commencée en 1941, la construction n'avait duré que cinq cents jours et dès 1942, le bunker abritait la 1ère et la 9ème flottilles des* U-boote.

Cette même année 1942, la percée du code secret allemand Enigma *avait permis aux alliés de repérer les positions de la flotte allemande et de reprendre l'avantage dans l'Atlantique. Les bâtiments de surface allemands durent alors combattre plus longtemps en haute mer, il fallait les y ravitailler. Aussi la Todt entreprit-elle de transformer les submersibles mouilleurs de mines en « vaches à lait » destinées aux cuirassés qui s'en allaient patrouiller en Afrique du Sud. En vue de cela, on envoya à Brest des as de l'arme sous-marine, dont Werner Winter qui dirigea la 1ère flottille de 1942 à 1944.*

Voilà comment, assistant technique dans l'équipe de Werner Winter avant de l'être dans celle de Rommel, passant de la Kriegsmarine à l'Atlantik-Wall, Hermann Christhaller avait débarqué chez nous qui habitions à trois kilomètres des plages.

IV

Hermann Christhaller s'adaptait à nous, et nous à lui. C'était un solitaire aux goûts modestes, faisant peu d'embarras, – imposant dans sa simplicité même. Un homme qui avait vécu et beaucoup lu, qui aimait réfléchir, et à la parole aisée ; qui portait les stigmates, si je puis dire, d'un long vouloir. Un homme racé et vivant.

Si inexpérimentée que je fusse, je comprenais que, puisque la violence du discours politique et militaire poussait nos pays respectifs à une guerre à mort, je devais prêter l'oreille au discours tempéré de cet ennemi singulier.

Les jours s'écoulaient, je les trouvais pleins d'intérêt.

L'officier du génie prenait sur lui d'effectuer chez nous des petits travaux. Il avait l'œil du métier : voyait-il une prise électrique abîmée, il la réparait aussitôt. Il revint un soir avec un rabot parce que dans la cuisine, la porte du placard fermait mal. Le volet de ma chambre claquait, il demanda la permission de le réparer. Puis il huila des gonds rouillés dans le salon. Il voulut aider Robert à soigner un cheval blessé et qui hennissait dans la cour, Robert refusa. Mon père feignait d'ignorer ces menues activités. L'ingénieur n'en prenait pas ombrage, il continuait de chercher à travailler de ses mains, et de rapporter des outils de la Kommandantur.

En présence de Hermann Christhaller, mon père me demanda un soir de l'accompagner à cheval dans ses visites le lendemain. L'officier eut l'air surpris. Le surlendemain, il demanda aimablement s'il y avait de la place dans l'écurie pour un autre cheval. De la place, il savait qu'il y en avait, et il savait aussi qu'il pouvait « réquisitionner » le cheval de ma mère. Nous fûmes sensibles, par conséquent, à son savoir-vivre. Il ajouta que, venant des landes de la Baltique, il était bon cavalier et soignerait lui-même sa bête.

– Vous avez un cheval ? demandai-je.

Mon père ne pouvait que s'incliner. Dès lors, nous vîmes souvent l'officier de la Todt arriver et partir seul, au lieu d'être accompagné en voiture. Il passait de longs moments à l'écurie. Le palefrenier disait :

– Si tout le monde était aussi poli ! Et dire que c'est un Boche ! Ah, Glaoda ! Si c'est pas malheureux !

Notre mode de vie, ensemble urbain et campagnard, plaisait à Hermann Christhaller. Un soir, avec un naturel qui nous émut :

– Je crois que cette réquisition représente pour moi un dé qui roule vers sa chance...

Notre goût des livres, de la peinture, de la musique lui faisait souvenir d'un temps de paix. Il en vint à dire qu'il était heureux d'oublier sous notre toit les nuits où planait la menace des attaques de la Royal Air Force quand les

U-boote devaient remonter à marée basse, donc à découvert, la Penfeld jusqu'aux abris installés au fond de l'Arsenal ; d'oublier les bombes que les cuirassés, quand ils étaient à quai, attiraient dans le ciel comme des mouches ; d'oublier, en particulier, la centaine d'avions qui avaient lâché continûment des bombes du 30 mars au 3 avril 1941. Mon père rétorquait, bien entendu, que la population brestoise, elle, ne pouvait pas oublier que si la RAF avait lâché ses bombes sur les civils et leurs habitations, c'était parce qu'elle n'avait pas distingué les croiseurs allemands recouverts de filets de camouflage dans les bassins de radoub !

Combien de nuits en 1941 où le ciel brestois avait rougeoyé sous le passage des escadrons britanniques ! Les deux hommes en convenaient.

Les paroles de Hermann Christhaller, elles, n'étaient pas des bombes, c'étaient des brindilles. Plein de bonnes brindilles. Ma tête s'y allumait. Et peu à peu mon cœur.

Se tissait de la sorte chez nous une atmosphère un peu surréelle : ennemis, nous nous trouvions bien ensemble. La présence de l'étranger, si peu étranger, mettait dans l'air une amabilité dont nous étions tous les trois amenés à sentir combien elle était précieuse en temps de haine collective, même combien elle était vitale. Bientôt Hermann Christhaller se mit à m'appeler par mon prénom.

La délicatesse cousait au fil des jours une parenté.

Un dimanche, on était mi-novembre, l'officier vint me retrouver dans le jardin. Il faisait beau. Je tâchais d'arracher du chiendent. Il portait un veston brun usé sur un pantalon qui n'avait plus de plis. Au soleil, je voyais briller sur les tempes quelques cheveux blancs. Il sortit un carnet de croquis, un crayon, s'assit sur un banc.

– J'aime les pays où la lumière ne découpe pas d'ombres tranchantes… Cela oblige à travailler les demi-teintes… à nuancer, nuancer toujours plus… Je ne savais pas, Glaoda, que vous montiez à cheval !… Je serais heureux que vous m'accompagniez sur la dune…

Je me relevai subitement, le regardai droit dans les yeux.

– Chut… Je ne veux pas vous faire de mal !… Je vous procurerais un *Ausweis*… D'ailleurs, ce serait un ordre : vous seriez réquisitionnée pour me montrer des lieux précis.

– Vous n'avez pas besoin d'un guide.

– Mais d'un esprit proche du mien… Glaoda, dépassez vos devoirs d'ennemie… Comme je dépasse les miens… Cette guerre n'est qu'un tout petit moment dans l'Histoire… Inscrivons-nous dans une durée plus longue, voulez-vous ?…

Il ajouta qu'en temps de guerre, il y a deux sortes de gens : les haineux et les aimants. Les haineux trouvent l'occasion de rajouter à la haine, les aimants de rajouter à l'amour. Et il se mit à dessiner.

Je le regardais en coin, il me regardait en coin. Nous nous affairions en silence.

Las ! je devenais incapable de penser à rien d'autre qu'à sa suggestion, et dans la serre maniais maladroitement mes outils. Je maudissais cette intrusion dans notre vie privée, la bénissais, la maudissais tour à tour. Mais quoi ! la solitude dans la grande maison et le jardinage à l'intérieur des hauts murs me pesaient. La dune qui porte loin la vue ! Une compagnie intelligente ! De la conversation ! Qu'est-ce donc qui dans la vie mérite que l'on s'interdise un comportement intelligent ? La bêtise des chefs et des subalternes ? Leur mauvaise foi ? La peur ? À force de ruminer des pensées contradictoires, je ne savais plus bien ce que je faisais. Confuse, je sentais qu'on le remarquait.

Je laissai l'officier à ses croquis et revins à la maison. Par la fenêtre à petits carreaux, les derniers rayons du midi rejoignaient sur le tapis les rais du couchant qui venaient du *bow-window*. Je m'assis au piano, jouai un prélude de Debussy, renonçai. Je pris un atlas et l'ouvris à la page de la Baltique ; du doigt, je cherchai Greifswald, Rügen. Je dénichai un livre d'Histoire, je cherchai Poméranie, Stralsund. J'ouvris un album, je cherchai les paysages de Caspar David Friedrich… Je suivais en pensée le peintre, et le peintre prenait un visage – celui de Hermann Christhaller.

Le jour suivant, je pris mon courage à deux mains.

– Vous êtes resté longtemps dans le jardin hier.

– J'ai coupé du bois, j'ai dessiné.

– Et qu'avez-vous dessiné ?

– Vous.

– Oooh… Hermann !… Parlez-moi encore de votre pays…

C'était la première fois que je l'appelais par son nom. J'avais hésité un dixième de seconde, pas plus, me dépêchant d'ajouter une phrase. Je lus sur son visage une détente qui me bouleversa. Mais percevant ma gêne, comme si de rien n'était :

– C'est la couleur qui différencie mon pays du vôtre… Le granit chez vous, la brique chez moi… Gwitalmézé est gris, Stralsund est rouge…

Et ce fut un long monologue. Je me laissai captiver.

– Stralsund… Une ville construite en briques, comme beaucoup de villes de la Baltique à l'époque de la Hanse… On a appelé ce style le « gothique de brique »… Stralsund date du XIIe, mais c'est la Hanse qui a fait sa fortune au XIVe et au XVe siècles…

Il peignait avec des mots les hôtels particuliers, les églises, les cloîtres, les immeubles qui abritaient les commerces et les entrepôts, les façades qui ressemblaient à celles des villes hollandaises.

– Tout est rouge, d'un rouge qui tire sur le cuivre… Et ce rouge est bordé de gris-vert à l'horizon, puisque la ville est bâtie sur une presqu'île au bord de la Baltique, en face de Rügen... Ah, Stralsund !... Une ville chaude dans un pays froid… Il y a bien huit cents bâtiments qui méritent d'être vus !... Un jour vous viendrez, Glaoda… Le temps viendra où vous pourrez venir… Et je vous montrerai les paysages qu'a peints Friedrich, avec les pêcheurs en train de vendre leurs poissons près de leurs filets… et qui sont ceux de Portsall !...

– Avant l'arrivée de vos compatriotes.

– Chut… On mange encore du poisson à Gwitalmézé, c'est donc qu'il y a des bateaux qui sortent…

Hermann disait que les paysages d'outre-tombe de Caspar David Friedrich ont une âme vivante :

– La même qu'à Tréompan… Vous vous sentiriez chez vous là-bas, comme je me sens chez moi ici... Rügen, c'est Porspoder…

– Sans les blockhaus !

– Vous quittez Stralsund, vous traversez le pont, vous voilà dans l'île de Rügen… Vous longez la côte sud : Poseritz, Garz, Putbus, vous arrivez à Binz... Vous prenez sur la gauche une jolie avenue qui conduit à la plage, vous

vous arrêtez devant la villa Tannenheim où je passais l'été, enfant… La villa est précédée d'un jardinet...

– À quoi ressemble la villa… comment dites-vous ?

– Tannenheim…

Il décrivit la villa toute blanche, fin de siècle, avec des fenêtres à meneaux et des balcons bordés de balustrades à croisillons de bois peints en blanc ; il décrivait le bois si mouluré qu'on pense à un moucharabieh et les corbeilles de géraniums rouges qui dégringolent sur les balustres blancs…

– Il y a des hêtres alentour… Le Führer, hélas ! a fait construire dans l'île un centre de vacances colossal… Une barre monumentale hideuse… Mais sur le bord de mer, les villas font penser aux nouvelles de Tchékhov… Vous aimeriez… Vous connaissez Tchékhov, Glaoda ?... « Qu'importe ami ou ennemi, dès que deux cœurs se répondent ! »…

Il y avait à Binz une longue plage courbe.

– Comme celle de Tréompan ?

– Et jonchée pareillement de goémon… Je ne m'attendais pas à séjourner dans un paysage aussi proche de celui qui m'a nourri… Comment me sentirais-je votre ennemi, à votre père et à vous ?...

Il se mit au piano et plaqua des accords. Je ne les connaissais pas.

– C'est de Buxtehude… Il exerçait son art à Lübeck… Bach, figurez-vous, a fait quatre cents kilomètres à pied, d'Arnstadt à Lübeck, pour rencontrer le plus grand maître de l'orgue et écouter ses leçons trois mois durant… C'était en 1705... Bach avait vingt ans, Buxtehude soixante-huit…

Comment ne pas songer que Hermann Christhaller, l'homme d'expérience, était venu vers moi, l'élève, et que je devais l'écouter comme Bach avait écouté la leçon de Buxtehude ?

– Croyez-moi, Glaoda, le temps viendra...

Méditatif, il répétait cela : « Le temps viendra »... Mais le temps qui venait, c'est celui où je me prenais à habiter les paysages décrits par l'officier. Je visitais en pensée Greifswald, Wismar, Rostock, Lünebourg, je m'y promenais au bras de Hermann... Dès la guerre terminée, il me montrerait les splendeurs de Saint-Nicolai à Stralsund. On irait à Lübeck, la « reine de la Hanse », où Thomas Mann avait écrit et situé l'histoire, qui m'avait plu, des *Buddenbrook* ; j'imaginais la vieille ville slave, les incendies successifs dont Liubice s'était remise avant de devenir Lübeck, les querelles avec les Danois, la richesse des marchands, l'effervescence du port durant la Ligue hanséatique, Murnau tournant des scènes de *Nosferatu*. Les ports passionnaient la Brestoise que j'étais.

– Vous me faites penser à *Mort à Venise.*

– *Der Tod in Venedig,* un beau livre... Mais je préfère les fées des grèves aux jeunes garçons... Et à Venise je préfère Lübeck... Bombardée par les Britanniques l'année dernière... Ils ont détruit la vieille ville et la cathédrale splendide... Un bilan terrible...

Venait un autre jour. Hermann (mentalement je n'ajoutais plus Christhaller) redisait qu'il m'emmènerait à Rügen.

Il disait la jetée en bois, les estivants qui s'y promènent ; et j'entendais leurs pas résonner sur les planches. Il disait les cabines de bains et surtout, ce qui est typique de Binz, les fauteuils de rotin en forme de panier, sorte de nacelles à deux places, tapissés de coussins à rayures bleues et blanches, qui tournent le dos à la mer, c'est-à-dire au vent ; et je m'y asseyais avec lui. Il disait la plage en hiver, déserte et longue, longue, des kilomètres de sable gris ; et j'y luttais contre le vent, collée à son épaule. Il me ferait goûter le *Köm*, une eau-de-vie, dans le taciturne Mecklembourg dont Bismarck disait que si le monde s'écroulait, c'est là qu'il irait car le monde s'y écroulerait cinquante ans plus tard que partout ailleurs – et déjà je buvais dans son verre trois larmes de *Köm*...

– Nous verrons ensemble les *Stubbenkammer*... Vous tiendrez mon bras en vous penchant !...

Sur un ton facétieux, il disait que, bordées de feuillage et non moins mystérieuses que lumineuses, ces hautes falaises de craie où pénètre la mer faisaient (selon les habitants de Rügen) penser à un ventre de femme bordé de poils et que pénètre l'homme... Pour l'instant, c'est la tête que je penchais confuse...

– Nous marcherons dans les pas de Friedrich en évoquant mon ancien séjour à Gwitalmézé... On ira au printemps... Vous verrez les cigognes et les hérons planer au-dessus des champs de colza...

Alors il parlait d'Elisabeth von Arnim, une Néo-zélandaise, cousine de Katherine Mansfield, qui avait épousé un comte prussien, lequel l'avait emmenée en Poméranie. C'était à la fin du XIXe siècle. La riche aristocrate avait raconté dans un livre son voyage à Rügen, son étonnement et sa déception d'abord, puis son attachement à un mode de vie frugal.

– Mais c'est une femme légère et dure, comme beaucoup de Français, en fait... Vous verriez Rügen différemment, Glaoda...

Je buvais les paroles de Hermann et rêvais de la Baltique au clair de lune. Le mur de l'Atlantique avait supprimé les bateaux de pêche sur la plage de mon enfance, mais ils reviendraient… Et c'est de Stralsund qu'ils auraient l'air de venir.

Dans mon imaginaire de jeune fille bretonne et romantique, voilà que Tréompan commençait à se situer sur la Baltique.

– « Le monde de l'âme est notre vraie patrie, notre seule patrie. »… C'est un mot fort, la patrie…

Je ne voulais plus qu'il cesse de parler. Alors je l'interrogeais. Me répondre lui desserrait le cœur. Il y allait d'un partage. Il m'ouvrait les portes de l'atelier de Caspar David Friedrich et me faisait voir l'artiste en pantoufles, solitaire et peignant, peignant les oiseaux noirs sur les champs labourés, peignant la mer de glace à rompre avant qu'elle ne nous rompe ; peignant, derrière des paysages, le monde ample de l'esprit.

Mon père rentrait tard, ne paraissait plus étonné de nous voir ensemble. Un soir, je proposai un cognac aux deux hommes. Je le fis sans réfléchir, comme on en propose aux invités bienvenus. Mon père hésita, puis accepta et discuta avec un tact étonnant, – même avec une légèreté de ton qui me fit brutalement souvenir du regard échangé entre ma tante et ma grand-mère quand j'avais évoqué ses absences fréquentes et une possible maîtresse. J'eus l'intuition qu'il s'appliquait à détourner quelque suspicion non de sa fille, de l'Allemand.

Hermann s'adressait maintenant à mon père. À lui aussi, il avoua qu'il avait envie d'aimer un pays qui lui parlait du sien.

La guerre lentement et sûrement s'écartait de chez nous.

– Il y a, monsieur, dans l'église Saint-Nicolas de Stralsund une vierge à l'enfant qui rappelle celle que j'ai vue dans la chapelle de Kersaint…

– Vous y êtes entré ? fit mon père interloqué.

– La Madone de Stralsund a la main droite coupée, et l'Enfant Jésus la main gauche coupée… C'est donc sur le bras gauche que la jeune femme tient le bébé qui, lui, a posé son unique menotte sur le poignet coupé de sa mère… Aucun ne pèse, n'appuie sur l'autre…

Mon père me lança un coup d'œil, l'air de dire : Qu'est-ce qui lui prend ? Mais il était gagné par une sympathie inattendue.

– Tous deux font la moue, une jolie moue désabusée, sans rancœur… Comme à Kersaint, la mère et l'enfant ont l'air de savoir qu'on ne peut rien contre la cruauté humaine, rien d'autre qu'être là privé de geste, mais tendu vers la caresse impossible…

Ce fut au tour de Hermann de me jeter un coup d'œil furtif.

– Être là, quoique distant… Être là, sans résister au mal par le mal… C'est ce qu'il faut, sans doute… Oh ! je ne sais pas pourquoi je vous dis ça…

Les yeux verts perdus au loin, il poursuivait et s'interrogeait à voix haute :

– Est-ce la même mutilation qui rend le regard de la Madone et de Jésus pareillement intériorisé et qui met sur leurs lèvres un même pli de tristesse ?... Je ne sais pas... Tous les deux sont enfantins et sages à la fois...

C'était comme si l'homme n'avait pas confié le fond de son cœur depuis des années et que tout surgissait pêle-mêle, montait du cœur aux lèvres, faisait le va-et-vient entre le cœur et la tête. Quant à moi, la tête je la perdais, tandis que mon cœur, je le sentais dans un étau. Pour chasser l'excès d'émotion, je raillai gentiment l'apparente religiosité de l'occupant nazi.

– Ah ! jeune fille... Permettez-moi de parler de spiritualité... Ça fait tellement de bien de parler autrement que pour donner des ordres à la troupe...

J'eus honte de moi.

– Tenez, il y a aussi à Stralsund un retable doré avec un ange qui tient une longue baguette, comme un maître d'école... Il montre au spectateur le flanc percé du Crucifié...

Mon père ne voyait plus un Allemand, mais un Iroquois. Hermann se tenait près du piano. Il laissait couler les mots, de sa bouche ou de son flanc, et les mots avaient l'air d'être une âme.

– J'oublie... Il y a autre chose, mademoiselle, que j'aimerais vous montrer dans l'église... Une statue étonnante parce que rare, elle date de 1280... Elle représente sainte Anne... Soit dit en passant, j'ai découvert et j'aime votre culte en Bretagne pour sainte Anne, la femme qui a fait l'amour, qui est mère et grand-mère... Sainte Anne, donc, qui tient Marie sur ses genoux, qui tient l'enfant Jésus sur les siens...

– La descendance ! dis-je.

L'officier s'était levé. S'adressant à mon père :

– Plus que cela… La chaîne humaine… Le temps viendra… Le temps viendra, monsieur, où je vous montrerai mon pays et où vous y reconnaîtrez le vôtre…

Il avait tellement répété : « Le temps viendra » que je me couchai avec ces mots dans l'oreille, des mots qui ouvraient sur une perspective vaste et fraternelle.

Cette nuit-là le ciel fut rouge au loin, au-dessus de Brest. Les batteries aériennes dessinaient des traces effrayantes. N'empêche, je dormis. Je me réveillai le lendemain avec le sentiment d'avoir fait un voyage sur la Baltique.

– Je vous remercie, dit Hermann en partant pour Brest.

Il plissa des yeux futés et tendres.

– Vous m'avez fait oublier la guerre, Glaoda, en étant curieuse de mon pays... Je vous revaudrai ça… Connaissez-vous Henri Heine ?... Le poète rêvait de « lèvres de miel disant des mots amers »… On peut aussi rêver de mots de miel, fût-ce sur des lèvres amères…

– Soyez prudent, Hermann.

V

L'officier du génie quittait la maison tôt le matin, revenait souvent tard. Des jours passaient, où je le voyais à peine. Mon père rentrait tard aussi : il avait beaucoup de chevaux à soigner.

Gwitalmézé, avant la guerre, avait été le lieu d'un marché aux chevaux réputés pour leur beauté. La Wehrmacht, en prenant possession du village, était arrivée avec une colonne hippomobile. Dans une carrière recouverte d'un filet de camouflage et qui servait d'écurie, elle avait logé une centaine de chevaux. Puis à l'automne 1943, un détachement, hippomobile aussi, de l'armée Vlassov fut affecté par l'Organisation Todt aux positions fortifiées du littoral. Ce détachement portait le nom du général passé en 1942 au service de Hitler, lequel avait créé des unités de prisonniers « russes blancs » destinées à relever les unités allemandes, en Bretagne notamment. C'était une sorte de division Charlemagne à l'envers. *(Ce pourquoi Vlassov devait après la guerre être remis par les Américains aux Soviétiques et exécuté comme traître par ceux-ci.)* La colonne russe avait établi son campement dans un champ, sur la route de Brest ; les Allemands y avaient aménagé pour elle des infrastructures bordées de tranchées et d'épaulements de tir. Hermann Christhaller avait supervisé la construction de la douzaine de bunkers destinés à protéger la zone.

Son métier mettait de la sorte mon père en contact avec l'occupant, non moins qu'avec les paysans. Quand il rentrait de ses tournées – ce que je croyais être ses tournées – et qu'ayant fait le tour du jardin avec son chien, il enlevait ses bottes usées et boueuses dans l'entrée, se laissait tomber dans son fauteuil, la bête accroupie à ses pieds, puis allumait sa pipe (en économisant le tabac rationné), il disait seulement :

– J'ai soigné des bêtes.

Mon père était fatigué : la guerre n'en finissait pas. L'officier n'était pas fatigué : la guerre finissait dès qu'il franchissait le seuil de notre maison.

Quand je parlais de surmenage à mon père, il haussait les épaules.

– Si je n'étais que surmené !... J'ai le dégoût de mes soucis... Je suis abattu, ma petite fille... J'ai œuvré en homme et je suis las des hommes...

Je ne songeais pas que, se déplaçant à cheval pour soigner tous ces chevaux, mon père parcourait de longues distances surveillées, accédait au camp ennemi, était donc à même, plus qu'un autre, d'en repérer les dispositifs, noter l'emplacement des mines sur la dune entre l'Aber-Ildut et Saint-Pabu, relever les plans des positions fortifiées du littoral, dénombrer les casemates, discerner des mouvements, qu'il était à même surtout de collaborer aux opérations de débarquement d'agents de renseignements ou de rapatriements d'aviateurs alliés. Je ne savais pas que mon père rencontrait des ouvriers de Gwitalmézé réquisitionnés par l'organisation Todt. Je ne savais pas qu'un réseau de Résistance avait été mis en place dans le village et cherchait à recruter des villageois hardis et efficaces.

Je ne savais pas, mais je soupçonnais vaguement quelque chose. Cette maîtresse de mon père… C'était bizarre… Quelque chose me disait que je devais être vigilante, protéger les deux hommes en compagnie de qui je vivais.

Bientôt je notai que mon père parlait moins. Il devenait taciturne et nerveux. Même il faisait preuve parfois de raideur ; Hermann de tendresse et d'abandon, au contraire.

Et j'avais envie d'entendre la voix humaine. Alors je me tournais, tel un héliotrope, vers la voix de l'officier grave et veloutée quand elle s'adressait à moi, et je finissais par vivre l'oreille aux aguets. Le soir dans le salon, j'attendais le retour de Hermann et répugnais à monter dans ma chambre avant que le gravier n'ait crissé sous les pas.

J'oubliais les bottes nazies. Y avait-il des bottes ?

Oui. Dehors. Et dans la rue, leur bruit était assourdissant. Quand j'allais chez ma grand-mère chercher du beurre – mon grand-père était mort, mais, marin en retraite devenu assureur, il avait sillonné la campagne et s'était fait des amis chez les paysans, lesquels avaient à cœur de fournir à ma grand-mère des aliments de base –, je contournais la « place aux chevaux » occupée par l'Organisation Todt. On fabriquait là le ciment nécessaire à la construction des blockhaus. Ceinturée d'une palissade en bois, la place était interdite aux civils. On entendait le bruit des outils, les ordres lancés. Donnant sur la place, l'école des garçons avait été réquisitionnée pour loger la troupe. L'animation du quartier me faisait peur, je hâtais le pas. Toutefois, passant un jour devant la maison où s'était repliée l'école, je m'arrêtai net : on entendait s'élever *La Marseillaise*. Stupéfaits, des Allemands qui patrouillaient s'arrêtèrent aussi… et pivotèrent sur leurs talons.

J'avais vingt ans et une innocence qui me faisait murmurer en croisant des soldats : « Sales Boches ! » Il n'empêche, je revenais chez moi avec l'espoir chaque jour grandissant de retrouver un Boche.

C'est que mon Boche me donnait l'exemple d'une intériorité patiemment acquise, laquelle mêlait fièvre et fatigue, tension et abandon, et que rien ne pouvait entamer. Dans l'océan tumultueux causé par ses compatriotes, mon Boche était paradoxalement le rocher auquel j'aspirais.

Ma grand-mère et tante Anna avaient un soir croisé le Boche à la maison ; il était en civil. Il les avait saluées avec tant de naturel et de gentillesse que, prises de court, elles lui avaient demandé, l'une s'il allait bien, l'autre s'il ne manquait de rien. Elles s'étaient ensuite arraché les cheveux. N'empêche, depuis, à qui les interrogeait l'une répondait : « Ma foi, c'est un homme de fière allure », et l'autre : « C'est triste à dire, mais il a l'air tout ce qu'il y a de plus recommandable. Ça doit être une bonne nature ! »

Je me mettais à habiter la vie à travers cette « bonne nature ». Et l'homme de fière allure m'apprenait à donner à la vie un habit racé en étant soi-même nu, de plus en plus nu. Il m'apprenait à désarmer l'adversaire, non à l'armer.

– Parlez-moi de vous, Hermann…

– De nous, plutôt !... C'est-à-dire : des Francs… Mon nom vient d'Arminius, le saviez-vous ?…

Il évoquait alors le descendant des Chérusques, qui avait fait ses études à Rome, était revenu prendre parti pour les

Germains, ses frères, et avait défait en l'an 9 les Romains conduits par Varus dans la bataille de Teutoburg.

– C'est à lui, Glaoda, et, à travers lui, aux soldats qui ont combattu votre Führer…

– Votre ? !

– Mais Napoléon !... C'est à ces soldats que Friedrich rend hommage dans le tableau intitulé *Tombes de héros antiques*… Un tableau inspiré par un livre très anti-français : *La Bataille d'Arminius,* de Kleist, qui fait référence au soulèvement du peuple allemand contre le joug napoléonien, à notre guerre de libération… Une des tombes est celle d'Arminius…

Je dis que mon père était un ancien combattant de Verdun, que beaucoup de Gwitalméziens étaient morts dans les tranchées. Après un silence :

– Ce que nous avons tous en commun, c'est la singularité... C'est même la seule chose que les hommes aient en commun… Petite Glaoda, j'aimerais me promener avec vous sur la dune...

– Vous n'y pensez pas !

– Je vous protègerai.

– Mon père !

– Je vous protègerai.

Pour l'instant, nous nous contentions de marcher dans le jardin. Comme il était séparé des dépendances par un mur, personne ne pouvait voir Hermann en ma compagnie.

Quand il s'était défait de son uniforme, qu'il était redescendu en civil, vêtu de lainages et une écharpe autour du cou, que j'étais moi-même enveloppée de tricots, que nous parlions la même langue du cœur et de culture, qu'est-ce donc qui, à part le sexe, nous rendait différents, nous donnait envie d'être différents ?

– J'aime ce climat brumeux et froid… Vous, Bretons, et nous, Poméraniens, nous sommes à la fois allègres et mélancoliques.

Hermann un soir, voyant que le seau à charbon était vide, le saisit et se dirigea vers la remise afin de le remplir.

– Je peux bien faire cela pour mon hôte !

Je l'accompagnai sous le parapluie. Dans la remise, je m'assis sur un tabouret branlant tandis qu'il maniait la pelle à charbon. Je regardais ses mains ; ses mains n'étaient pas les ennemies des miennes. Je regardais ses yeux ; ses yeux n'étaient pas les ennemis des miens. J'entendais sa voix ; sa voix n'était pas l'ennemie de ma voix. L'envie me venait de poser ma tête sur sa poitrine, d'écouter battre un cœur qui n'était pas ennemi de mon cœur.

– Votre patrie, Hermann, c'est l'Allemagne ? la Prusse ? la Poméranie ?

– Peut-être y a-t-il des choses plus fortes que la patrie... Ou est-ce la notion de patrie qui est à revoir... Au fond, mon Führer n'est pas plus fou que votre empereur…

– Vraiment ?

– Il n'y a pas loin de l'un à l'autre...

Il me raconta comment Napoléon avait voulu réduire l'Allemagne, comment la Confédération des États du Rhin, décidée par lui en 1806 et qui regroupait sous sa « protection » seize états allemands, avait anéanti le Saint Empire germanique, lequel datait de 962.

– Vous rendez-vous compte ?... 962-1806 !... Presque un millénaire !… Cela, réduit en miettes sous la botte de l'envahisseur… La Poméranie et la Prusse ont résisté…

– Comme nous résistons à votre occupation ?

– Et votre Führer a perdu… Un peintre, Krügelsen, a figuré Napoléon en Antéchrist… Songez un peu à ce que votre empereur a représenté pour l'imaginaire allemand !… Nous avons mené contre les Français une sorte de guerre sainte… En 1815, le traité de Vienne a mis fin à une « protection » qui a tout de même duré neuf ans… Une protection qui était une occupation !... L'Allemagne a été occupée neuf ans, Glaoda !... Nous occupons la France depuis trois ans seulement !… et plus pour longtemps… Ça, je ne peux pas le dire à votre père…

– Vous voulez dire que vous pourriez perdre la guerre ?... Vous allez perdre ?

– C'est très dur ici… Vous êtes malins, têtus, résistants.

– Suis-je une résistante ? Je n'agis pas beaucoup !

– Vous mûrissez…. C'est une action intérieure, et bonne… La gestation est une « bonne action »…

La porte de la remise était ouverte. Un courant d'air balançait l'ampoule au bout du fil électrique. Le maigre éclairage oscillant cousait l'air entre nous ; c'était une aiguillée de ciel.

– Nous allons perdre cette guerre... Sans doute faut-il que nous la perdions… je veux dire : que le Führer la perde, non le peuple allemand…

Hermann était debout devant l'établi. Il laissait son regard errer parmi les outils, les cageots, les vieux meubles déposés là. Il dit qu'il allait réparer tout ça, fixer le fil électrique qui pendait dangereusement.

– Demain je déplacerai l'ampoule pour qu'on voie plus clair... Et je vais ranger… Oui, il faut que nous perdions la guerre…

– Tout comme vos soldats, les résistants font des bêtises quelquefois… J'ai envie de vous mettre en garde, Hermann…

– Votre voix est douce, Glaoda…

Il voulut m'entendre chanter. Il s'assit sur un vieux banc. Je dis que je connaissais surtout des chansons tristes, mais debout, appuyée à la porte, je m'exécutai en riant.

– C'est la cloche du vieux manoir… du vieux manoir… qui sonnait le retour du soir… le retour du soir… Reprenez avec moi… Vous chantez les bis…

– D'accord… Je me fais votre écho…

Le ciel n'était pas rouge au loin sur Brest, et l'on n'entendait ni les escadrilles de bombardiers, ni l'explosion de bombes. La nuit était descendue, humide mais tranquille. Nous fredonnions, et en cadence les gouttes de pluie frappaient en chœur à la vitre.

Je ne revins pas sur mon tabouret branlant. Je me suis assise à son côté sur le vieux banc, et nous restions là. Près du charbon, dans la nuit. Or, trouvant le temps léger et doré. Nous étions là, pour être là, et tout à l'être-là. Hermann évoquait l'histoire de son pays. Il remontait le temps, avant l'invasion napoléonienne : parlait du traité qui avait remodelé l'Europe en 1648 et coupé son pays en deux pour longtemps. Je n'avais de tout cela qu'une vague connaissance livresque. Je savais par ailleurs si peu de choses de la vie. Mais je buvais avidement les paroles de l'adulte qui savait.

– Le traité de Westphalie a fait de mes ancêtres poméraniens des Suédois… Tandis que vous n'êtes pas encore des Allemands !… Et ne le serez jamais…

Je l'écoutais, je le regardais. Son visage me suffisait.

Hermann se plaisait à m'enseigner et m'éduquait en douceur. Il parlait de Nietzsche et de la philosophie allemande. Il trouvait les Français trop attachés au XVIIIe siècle et raillait notre siècle des Lumières, si peu lumineux, selon lui. J'évoquais la légende arthurienne et

Excalibur, il évoquait l'épée d'Alexandre et disait que seul l'amour tranche le nœud gordien. Je disais la matière de Bretagne et l'amour courtois, il disait *Tristan und Isolde*. J'évoquais la *Chanson de Roland*, et nous discutions de Charlemagne. Il avait voyagé, pas moi. Il connaissait l'île d'Aran, je connaissais seulement les îles anglo-normandes, grâce à ma mère ; alors je lui parlai de Victor Hugo et des *Travailleurs de la mer*, je racontai l'amour de Gilliatt pour Déruchette… Jamais en famille ou à l'université je n'avais parlé ainsi, ni entendu parler. De personne je n'avais été aussi proche intellectuellement. Je découvrais combien on peut être proche de quelqu'un qui n'est pas de votre sang.

Toutefois, pour casser la gravité et l'excès d'émotion, je secouai son bras :

– Tss… tss… Votre esprit est trop nombreux !

– C'est français, ça ?

Il y avait du bois sec dans un coin. Hermann se leva, saisit la hache suspendue, se mit à fendre des bûches.

– Demain je sortirai le bois, ce sera plus facile… et moins dangereux…

Je lui dis mon amour pour Rosa Luxembourg.

– Ah ! si les soldats les avaient écoutés, elle et Jaurès, en 1914 !… Vous et moi, Glaoda, devons être l'écho de ces voix-là… Mais quand même… Rosa a été imprudente, elle était un peu folle… Ma femme aussi est un peu folle… d'une bien autre manière…

– Quel est son nom ?

– Frieda… C'est une adepte du Führer… Elle a connu Himmler… Le SS qui a donné du pouvoir à la police… C'est pourquoi elle voulait que je m'occupe de la police criminelle : que je travaille à protéger la « communauté du peuple » !… C'était dur de lui faire entendre raison... Nous nous sommes quittés… Elle vit toujours à Dresde…

Il disait aimer les gens à la fois tenaces et modérés. Et moi, j'aimais qu'il fût ensemble rationaliste et raisonnable. Même s'il se plaisait à dire que les gens raisonnables n'ont pas d'avenir.

– Il faut jouer Dieu contre César ?

– Au moins faut-il que quelques êtres osent jouer Dieu contre César.

– Au risque de périr ?

– Oui.

– Vous, Allemands, vous avez tellement le respect de la force.

Il fixa sur moi un regard moqueur, planta la hache sur le billot et vint envelopper mon épaule comme pour excuser mon innocence. Je laissai faire.

– C'est facile d'obéir à un chef… Difficile de se prendre en main… c'est-à-dire d'opter pour une exigence venue de soi !… Je ne renie pas le socle qui me porte, oh, non… La littérature la plus universelle est allemande… Goethe, c'est la sagesse… Hesse, c'est l'espièglerie… Il y a dans l'âme allemande, hélas ! une fascination pour la malléabilité du subconscient… L'âme germanique aime se laisser subjuguer… D'où qu'elle se plaît à tresser l'extase et la catastrophe… Strindberg a bien raison de se révolter contre les songes…

Hermann parlait, je ne comprenais pas tout, mais intérieurement je disais : Parle, parle encore… La vieille remise devenait un espace spirituel. Le corps robuste et fin qui maniait la hache et la pelle à charbon débordait d'esprit. Et l'esprit me comblait.

Il faut, expliquait Hermann, d'abord permettre à l'exigence morale de surgir dans l'inconscient, ensuite la laisser se frayer un chemin jusqu'à la conscience… Il faut, disait-il, aider l'exigence intime à se développer jusqu'au point où on ne peut plus lui désobéir…

– L'État est une forme du mal… Or, il est nécessaire… Le monde réel ne peut pas être idéal... Alors il faut, et il suffit, qu'une petite minorité témoigne d'un monde possible pour que le monde réel devienne meilleur…

– Sans doute… Mais… pourquoi êtes-vous nazi ?

– Je vous l'ai dit, et vous le voyez : je suis un travailleur manuel… J'ai été recruté dans le génie… Je ne suis pas de la Wehrmacht, encore moins de la police… Il y a une rigueur dans l'armée qui me plaît, c'est vrai... J'y retrouve mon goût de l'ordre… Et puis…

– Et puis ?

– Je suis anticommuniste… Ici vous êtes loin de la Russie, vous ne savez rien du régime stalinien… Les Baltes, les gens de la Baltique savent ce dont les soviétiques sont capables… Je fais mon devoir avec distance… Je n'ai foi que dans les solitaires…

Un soir, sa femme était rentrée avec au doigt une bague ornée du *Totenkopf*, la tête de mort que l'on voit, au-dessus de la visière, sur la casquette des SS, et qui signifie, dit Hermann, l'effacement, la mort de la personne au profit de la vie collective. La vic du groupe est un ersatz de vie, ajouta-t-il avec fermeté.

– Je l'ai giflée... Je ne supportais plus…

Frieda s'était mise à adhérer, à la suite de Himmler, aux idées de la revue *Ostara*, au « soleil noir », aux mythes de l'Atlantide et de Thulé revus par Lanz, List, Wiligut, Eckart, Rosenberg… Hermann citait des noms inconnus de moi.

– Des illuminés qui ont détourné les archétypes afin qu'ils servent le culte outrancier de l'« héritage ancestral » et une mystique raciale… Ils ont fait croire au Führer qu'il était un messie, qu'il devait créer une nouvelle religion… Il était plus réticent qu'on ne l'imagine à tous ces courants… Il n'a pas soulevé les montagnes parce qu'il avait la foi, non ! mais parce qu'il était sous l'empire de médicaments excitants, de drogues… Hitler est un aliéné qui n'a pas d'amis, voilà… Un ami essaie de mettre son ami hors d'état de nuire…

Hermann disait son mépris pour cet ésotérisme de pacotille, mais n'avoir beaucoup de goût non plus pour les « divagations » de Freud et la vie intellectuelle tortueuse de Vienne.

– Tout ça manque tellement de fraîcheur !… J'ai essayé, je n'ai pas pu raisonner Frieda…

Ils s'étaient quittés en 1936 quand le directeur d'un journal pacifiste, Carl von Ossietzky, qui venait d'être récompensé par le prix Nobel de la paix, avait été envoyé au camp de Börgermoor, puis transféré à l'hôpital de police de Berlin où il était mort.

– J'ai revu Frieda en 1938 et j'ai pu la dissuader de s'intéresser à une expédition SS au Tibet, destinée à conforter les fantasmes du Führer sur la race aryenne !… C'était… C'est une nazie mondaine… Elle a des amis qui fréquentent le château de Wewelsburg…

– Qu'est-ce que c'est ?

– Oh !…Un lieu d'initiation secrète, aménagé par Himmler, avec une colossale bibliothèque consacrée aux occultistes qui ont inspiré le pangermanisme nazi… Laissons cela…

Il était grand temps de rentrer. Hermann souleva le broc à charbon. Il pleuvait, j'ouvris le parapluie que je tins très haut pour ne pas l'éborgner.

– Ce jardin à l'abri des turbulences de la guerre… Cet univers que heurtent seulement les gouttes de pluie…

Hermann s'arrêta, posa le seau à charbon, repoussa le parapluie. Il leva le visage, ouvrit la bouche, tendit la langue vers les gouttes et fit deux tours sur lui-même en riant. Je me mis à rire aussi.

–Vous avez le génie de l'innocence, Glaodina… Prenez soin de le conserver… et de déteindre sur votre entourage…

Le diminutif me fit tressaillir. Encore un peu, et je flancherais. Je me raidis. Mais Hermann me saisit dans ses bras, me souleva dans les airs, me fit tourner avec lui, et me serra fort, fort sous les pans du vieux manteau un peu court, emprunté à mon père. Je sentis son visage mouillé contre le mien. Mouillé et chaud. Je devins toute molle. Un chaton humide.

– Vous m'offrez un arrière-monde… Nature veut dire : qui est en train de naître… Vous êtes naturelle… Je suis heureux, si vous saviez !…

Il reprit le seau à charbon, s'arrêta encore.

– Ma femme a été une amie de Bernhard Griese...

Le nom ne me disait rien.

– Le chef de la police à Marseille, le *Sturmbannführer*… J'ai eu des amis, des hommes très bien, vous savez, qui étaient dans la police, et que je ne reconnais plus… Il ne faut pas s'exposer à l'insensibilisation… J'étais trop poméranien pour Frieda…

– Qu'est-ce qu'un Poméranien ?

– Le Poméranien est l'homme du *memento mori*… Son regard est métaphysique : il voit par-delà l'immédiat, il voit ce que verrait un mort qui reviendrait poser les yeux sur le passé. D'où qu'il est un visionnaire… Il a le goût du rêve éveillé et le sens du tragique… J'envie vos Impressionnistes : ils sont gracieux… Comme Monet, Friedrich a peint un paysage à différentes heures du jour, mais ce n'est pas le motif qu'il a peint : il a peint le regard même, la vision changeante d'une âme au fil des heures… Et c'en devient tragique… Allons, je m'égare…

Ses yeux brillaient. Or, d'une voix feutrée :

– On parle vulgairement du repos du guerrier... Ce sont les guerriers de l'esprit qui ont le plus besoin d'un lit de repos...

Je le précédai sur le perron de la cuisine, ouvris la porte. Mon père était là, qui préparait un café (ou ce qui en tenait lieu).

– Bonsoir, monsieur, dit Hermann en déposant le seau à charbon près du fourneau.

Mon père le regarda, me regarda, s'en alla au salon sans mot dire. Hermann eut à mon intention un léger haussement d'épaule qui signifiait : je le comprends, je le comprends tellement !

Je pris un torchon. Hermann y posa à plat ses longues mains salies.

– Le linge de Véronique…

– Vos mains sont belles.

– Le Führer attache beaucoup d'importance à la forme des mains… Il est capable de renvoyer sur-le-champ, à cause de mains qui lui déplaisent, quelqu'un qu'il vient de convoquer... Heureusement ses généraux ne lui obéissent pas toujours !… Pas souvent, même… Encore trop souvent… Ah, s'ils s'entendaient mieux entre eux, ceux-là !...

Je n'osai pas servir à boire. Lui, jetant un œil inquiet du côté du salon :

– Donnez-moi un baiser, Glaoda…

Et il monta dans sa chambre. J'allai retrouver mon père. Debout près du *bow-window*, fouillant la nuit du regard, il tirait sur sa pipe.

– Veux-tu écouter *Jardins sous la pluie*, papa ?

Sans attendre sa réponse, j'ouvris le piano. Il était un peu désaccordé. Je jouai le prélude de Debussy que mon père aimait particulièrement. Je savais que là-haut Hermann entendait. Je mettais tout mon cœur à jouer. Je jouais pour les deux hommes que j'aimais. Mon père écoutait, songeur. Je vis couler une larme sur sa joue.

– Papa…

– Hm ?

– Faut-il sacrifier des milliers d'êtres humains pour ne pas perdre des mètres carrés de terrain ?… Il y a des Allemands qui cherchent à éliminer Hitler… Ne vaudrait-il pas mieux supporter un moment l'occupation et attendre que cette élimination ait lieu, aider les Allemands anti-nazis ?... Se peut-il que des hommes intelligents, honnêtes et vaillants doivent agir comme des salauds parce que des salauds ont pris le pouvoir ?

Mon père haussa les épaules.

– Papa…

– Hm ?

– Nous avons de la chance : nous hébergeons un être d'exception.

– Oui… Il est bien.

Il chercha ses mots.

– C'est un homme consistant, et droit.

– Tu sais ce qu'il m'a dit ?

– Il te dit beaucoup de choses, je crois…

– En 1942, les Russes ont fait jouer à Leningrad la *Septième Symphonie* de Chostakovitch en installant dans la ville des haut-parleurs orientés vers les lignes allemandes. Cela a galvanisé les Russes, atteint le moral des Allemands, et la guerre a pris un tournant…

– Leningrad est encore assiégée !... Hm... La *Septième Symphonie* et les orgues de Staline ensemble !... Boum boum boum !... Joue plutôt *Des pas sur la neige*... Je suis fatigué, mon petit cœur...

Il écoutait le silence qui montait du piano. Je songeais à mon frère tué par nos alliés anglais. Je songeais que j'avais ici un frère de substitution. Je songeais qu'il me fallait choisir entre des inclinations dont la vie extérieure me persuadait qu'elles étaient coupables et le rejet de ces inclinations, – rejet dont ma vie intérieure me persuadait qu'il était encore plus coupable. Je me disais qu'utiliser les armes de l'ennemi revenait à les légitimer. Je me disais non moins qu'utiliser les armes de l'ennemi était tout bonnement au-dessus de mes forces !... J'étais prise de vertige, me sentais dans l'œil d'un cyclone.

Or patiemment, Debussy me signifiait que c'était un cyclone de paix.

Le lendemain, Hermann évoqua le raffinement, la subtilité du compositeur.

– Il y a quelque chose de slave chez Debussy.

– Et vous aimez cela ?

Il dit qu'il aimait entendre parler russe. Une langue mouillée. Une langue fluide et sensuelle, incisive en même temps, qui fait parler le silence. Il s'approcha du piano ; debout, joua quelques notes de *Jardins sous la pluie*.

– Écoutez... C'est presque du russe, Glaodouchka, c'est l'âme slave... Peut-être n'y a-t-il pas en sa clarté plus mystérieux que Debussy... ou que Satie, ce grand solitaire... Je suis un peu slave, vous savez...

Il jouait, s'interrompait, chuchotait des choses comme pour lui-même, or désireux de partager.

– J'aime ces ébauches… J'aime les moments d'harmonie…

Je pris sa place au piano et jouai *Ce qu'a vu le vent d'ouest.* Il commentait.

– C'est tumultueux et c'est plaintif… L'ouragan se déchaîne, l'ouragan s'alanguit… On entend la guerre, on entend la paix… C'est un savant montage !…

Je sentis un baiser sur ma nuque.

– Connaissez-vous les runes, Glaoda ?

– C'est une langue nordique très ancienne.

– Rune vient de *Run* qui veut dire : mystère, secret… *Run* a donné en allemand : *Raunen* qui veut dire : murmurer… C'est la langue du silence… Dire que Himmler a emprunté aux runes le sigle des officiers SS qu'il fait hurler !… Les notes de Debussy, elles, sont vraiment des runes…

J'appris à Hermann que l'on disait du compositeur qu'il était un révolutionnaire tranquille.

– Il a été très affecté par la Première Guerre. Il disait en 1915 ne plus supporter cette boucherie de tous les jours… Il est mort en 1918… Selon vous, est-ce qu'il croyait en Dieu ?... Est-ce qu'on peut réfléchir à la mort sans penser à Dieu ?

– Non, mademoiselle Butterfly… Non, mademoiselle Fine mouche… Fauré se disait incroyant, mais son *Requiem* est plein d'allusions à Dieu…

Hermann me dit un soir qu'il avait l'impression non d'être venu, d'être revenu.

– Vous auriez la même impression, Glaoda, si vous veniez sur les côtes de la Baltique… Je veux dire : vous aurez la même impression quand vous viendrez.

– Viendrai-je ?

– Le temps viendra où vous viendrez...

Désormais Hermann était là, même quand il n'était pas là. Et sa présence avait la préséance sur la guerre. C'était une présence « atmosphérique ».

Personne n'avait plus pour moi autant de valeur.

VI

On était en décembre. Le rythme de renforcement du mur de l'Atlantique s'accélérait. Hermann se rendit à Brest à plusieurs reprises et dormit là-bas. À cause de la pénurie de carburant et de camions, l'OT avait remis en état de marche, avec un matériel hétéroclite, le petit train qui circulait autrefois le long de la côte et créé un embranchement entre Saint-Renan et Le Conquet en vue de transporter le sable nécessaire au ciment, le ciment lui-même, ainsi que tout l'outillage nécessaire aux fortifications côtières. Peut-être Hermann s'en occupait-il ? Ou allait-il à l'Arsenal ? Je n'aimais pas le voir s'éloigner pour plusieurs jours : on parlait de sabotage à Brest, d'assassinats.

J'avais besoin de rendre visite à ma grand-mère tous les après-midi : je voulais savoir ce qui se passait dans le bourg et comment évoluait la situation.

Car la vie se compliquait à Gwitalmézé. L'occupant réquisitionnait depuis le mois de septembre de plus en plus de jeunes gens pour le Service du Travail Obligatoire. Or, le STO avait sa contrepartie dans le fait que les réfractaires prenaient le maquis. L'Organisation Todt essayait de les retenir en les employant à Brest. N'empêche, de tous les départements français le Finistère était le plus réfractaire au STO. Et les petits maquis, mobiles et efficaces, s'y multipliaient. L'occupant faisait donc venir pour travailler au mur de l'Atlantique des ouvriers qualifiés du centre de la France, à la place et des STO et de ceux qui avaient pris le maquis. Ces ouvriers logeaient chez l'habitant. C'était une « occupation » de plus ; elle créait des tensions et des désordres que devaient gérer les Allemands, lesquels nous en tenaient rancune. Dans la rue, quand je croisais ceux-ci, ils saluaient poliment. Mais dans la cour de la Kommandantur, c'était différent. Des voix dures, un ballet glaçant d'uniformes verts.

Les vieilles femmes tempêtaient contre les Boches qui avaient modifié leurs habitudes dominicales. Elles préféraient parfois ajourner leur précieux rendez-vous avec l'Eucharistie, du fait qu'à l'heure de la messe, la soldatesque allemande et russe, ainsi que les ouvriers du Limousin, s'appropriaient la place de l'église, entrant, sortant des bistrots, se querellant, parlant à voix haute et menaçante.

– Dire que les cloches sonnent la messe sous le drapeau allemand !... Avec la honte !

Ma grand-mère s'inquiétait.

– Comment ça va chez vous avec le Fritz ?

– Il me tire vers le haut...

– *Ma doué !* Alors il faut le suivre !

– Vous êtes folles ? lançait tante Anna. Que dirait ta mère, Glaoda, si elle était de ce monde ?

Mes interrogations à moi tournaient autour de Hermann. Chacun refusait l'idée que l'autre fût inapprochable. Je commençai à rêver d'une promenade à cheval, sur la dune. Je ne baisserai pas la garde, me disais-je, devant les bornés qui veulent m'interdire d'aimer librement, devant les âmes laides qui veulent m'interdire d'aimer bellement. Le souci que nous avions l'un de l'autre brûlait, réduisait en cendres la distance qu'il eût fallu s'imposer.

Je craignais pour la vie des Français, je craignais pour la vie de Hermann.

*

Un jour de décembre, l'ingénieur électricien revint de la Pointe Saint-Mathieu particulièrement fortifiée et équipée d'une station radar qu'il était allé vérifier. Il faisait nuit déjà. J'avais entrepris de nettoyer le buffet de chêne et j'avais sorti la vaisselle, les quelques paquets de sucre et de farine. Un tablier autour des reins, je rangeais. Quand j'entendis cogner à la porte et vis sous la pluie la haute silhouette, je manquai de laisser tomber les assiettes pour me précipiter vers la porte. Mais non. Je posai la vaisselle avec calme, ouvris la porte pareillement.

– Bonsoir, Glaoda.

Je me retins de prendre ses mains dans les miennes, de trop manifester ma joie. J'aurais voulu… J'aurais voulu…

Je l'aidai à enlever son pardessus (je notai qu'un bouton était décousu et me promis de le recoudre), le fis asseoir.

– Vous avez faim ?

– Oui, j'ai faim... J'ai faim de paix... et… et de vous !...

J'avais des ailes. Je réchauffai un peu de soupe, lui servis une assiettée.

– Elle n'est pas fameuse, hein ? J'avais seulement des rutabagas.

On s'en fichait, des rutabagas. J'étais heureuse. Si heureuse qu'il ne lui fût rien arrivé ! Debout et continuant de ranger le buffet, je me mis à raconter l'histoire survenue à ma grand-mère dans l'armoire lingère. Hermann partit d'un éclat de rire sonore et généreux. Je ris aussi. Le rire évacuait la tension liée à la crainte de ne plus se revoir.

Et à cause d'un rire frais comme le printemps, un bond s'opéra ce soir-là dans notre relation. Elle devint subitement innocente à nos yeux. Tout d'un coup, il y avait de la chlorophylle dans l'air et comme le tintement lumineux d'un campanile. Il y avait une bouffée d'oxygène dans l'air raréfié de la guerre. Le ciel était limpide, et il ne tenait qu'à nous deux qu'il le demeure, à nous deux, là, officiellement ennemis et interdits d'échange, mais joyeusement décidés à braver la lourdeur.

Je saisis le poignet de Hermann, levai à hauteur de mes lèvres le dos de sa main et soufflai sur quelques poils blonds :

– Pffit !... La guerre, un fétu de paille !...

« Plus jamais cela ! » Oh, nous savions qu'il y aurait encore cela. Nous savions que cela, vieux comme le monde, durerait autant que le monde. Mais nous savions que cela ne devait plus être pour nous. Nous portions désormais sur les épaules la responsabilité de dire non à la guerre, et la responsabilité pesait comme un duvet d'oiseau.

Ding ding ding… Le carillon sonna minuit comme pour annoncer un bal. J'esquissai trois pas de danse autour de la table, me penchai sur la nuque de Hermann assis. Il lâcha son couvert, croisa mes bras autour de son cou telle une écharpe, plaqua ses lèvres sur mes mains... Ding ding ding… Il se leva, versa du vin dans son verre, m'en fit boire… Il me tendait maintenant la vaisselle, la farine et les pâtes que je remettais en place dans le buffet.

Nous n'avions rien forcé. Nous avions laissé les choses se faire. Et le saut avait eu lieu. Le saut dans un état de grâce.

Mon père entendit rire. Il surgit de son bureau. Il allait dire quelque chose, vit des visages radieux, et les mots s'étranglèrent dans sa gorge. Il leva la main, la laissa glisser. Il murmura : « Bonsoir » et se retira. Hermann et moi, nous nous regardâmes comme deux larrons.

Je me couchai détendue. Je ne demandais plus rien d'autre à la vie que cela – la détente. J'étais détendue, et la détente me ravissait. Je fermai les yeux. Le parquet craquait au bout du couloir. C'était un bon craquement. Un craquement chaud. Un tendre fantôme allait et venait. Je souriais aux anges. Ou à un ange. Il s'incarnerait quand bon lui semblerait, j'avais confiance.

Je dormis à poings fermés – ou très ouverts.

Mais quelques jours plus tard – Hermann se dirigeait vers l'escalier, s'apprêtait à monter –, mon père appela du salon. Il était pâle de colère, sa voix était dure.

– Monsieur Christhaller ?

Celui-ci revint sur ses pas, entra dans le salon.

– Asseyez-vous, je vous prie.

Près du *bow-window*, j'étais occupée à raccommoder du linge. Mon père avait guetté le retour de l'Allemand. Il s'exprima avec autorité. Après que des lignes de haute tension avaient été sabotées, un Gwitalmézien venait d'être arrêté et transféré par la Gestapo au château de Brest qui abritait la prison. Il s'agissait du fils d'un ancien employé de mon père. Voulant fuir le STO, Félix Menguy avait pris le maquis quelques semaines auparavant. Mon père craignait qu'on ne le torturât et le déportât ; il le craignait d'autant plus qu'un récent sabotage des rails avait exaspéré la Kommandantur. Mon père dit brièvement les choses, et froidement ; c'était un ton de Résistant. L'aiguille me tomba des mains. Debout, Hermann écoutait mon père assis ; il écoutait l'homme d'un pays en apparence vaincu, qui lui faisait la leçon et laissait tomber avec fierté dans la conversation : « monsieur Christhaller ».

Hermann se raidit, demeura un instant silencieux :

– Je suis navré… Ce n'est pas la torture qu'il faut supprimer, c'est la guerre…

– Vous avez raison, monsieur, et c'est pourquoi le pacte Briand-Kellog mettait la guerre « hors-la-loi ». C'était en 1928. Voyez ce qu'il en est advenu de la volonté du « pèlerin de la paix ». Mais en voilà assez.

Je me levai, poussai Hermann dans le vestibule. Son visage était fermé. Je suppliai :

– Vous avez du pouvoir.

– Pauvre pouvoir !…

– Je sais ce que vous pensez du pouvoir que vous exercez, vous m'avez parlé de Goethe… Mais vous m'avez signifié qu'un honnête homme met des actes au bout de ses mots.

Félix Menguy fut relâché trois jours plus tard et rendu à ses parents. On l'affecta à la fabrique de ciment sur la « place aux chevaux » (où il continua de « résister » en mêlant du sable de mer au ciment afin de provoquer du salpêtre dans les murs des blockhaus), puis à Saint-Pabu où était installée la plus importante station radar du Finistère-nord et où les contremaîtres allemands le surveillaient de près.

Je commençai à lire de l'inquiétude sur le visage de l'officier. Je devinais que son peu d'empressement à assumer ses tâches d'occupant semblait suspect à la Kommandantur. Il se montra dur à plusieurs occasions envers les habitants du village (tante Anna me le dit). Moi, je savais que l'évolution de la guerre le tourmentait.

Il y avait eu le 13 mars de cette année 1943 l'attentat raté de Henning von Tresckow qui avait dissimulé des explosifs dans une bouteille de Cointreau placée dans l'avion de Hitler ; le 20 mars, celui, raté aussi, de Rudolf von Gersdorff qui s'était ceinturé d'explosifs lors d'une visite en compagnie de Hitler. Tout cela préoccupait Hermann. Je devinais, à travers lui, que cela tracassait des officiers de la Wehrmacht et qu'il y avait à la Kommandantur des dissensions.

Je voyais bien que ces dissensions pouvaient nuire à Hermann. Et voyais bien aussi que tout cela pouvait nuire à mon père. Le ton que celui-ci avait pris pour parler à l'officier allemand lors de l'arrestation de Félix Menguy m'avait dessillé les yeux.

Je commençai à comprendre que la maîtresse de mon père, c'était la Résistance.

J'ignorais alors que le réseau qui opérait à Gwitalmézé se nommait Quand même. *Je savais que mon village, avec l'île de Sein, avait fourni ses premiers frères d'armes à de Gaulle. Je savais (et comme tous les Gwitalméziens, j'en tirais gloire) que certains étaient partis dès le 19 juin, que d'autres avaient en juillet 1940 embarqué sur le canot de sauvetage et filé vers l'Angleterre.*

Et je savais aussi que dans le canton avait grandi Célestin Laîné, un de ces Bretons que l'on accuserait un jour de « collaboration ». Ces Bretons pensaient que l'occupation de la France n'était qu'un passage obligé : allergiques au pouvoir jacobin, ainsi qu'au découpage arbitraire en quatre départements, ils misaient sur un destin européen des régions françaises – dont la leur, ancien royaume de Bretagne occupé et confisqué par le roi de France –, se référant, en quelque sorte, à l'esprit confédératif du Saint-Empire romain germanique « coiffé » par la Diète impériale.

Gwitalmézé reflétait bien les problèmes de conscience des paysans fiers qui disaient : *ma bro* (mon pays) et les affres d'hommes soucieux de s'engager dans une voie juste, en étant fidèles à une vocation, parût-elle anachronique à d'autres. Nous avions eu un roi : Nominoé. Nous avions eu une reine : Anne de Bretagne. Nous avions dû nous soumettre. Mais nous aimions rappeler que le duc de Bretagne – contrairement aux autres ducs du royaume, vassaux qui rendaient l' « hommage lige », genou à terre – rendait au roi de France un « hommage simple et direct », c'est-à-dire : restait debout devant le roi.

VII

Hermann logeait à la maison depuis bientôt deux mois. Il y était à l'aise. Il se levait de bonne heure, croisait mon père attablé dans la cuisine – puisque l'habitude était pour tous de sortir de la maison par ce lieu convivial plutôt que par le vestibule un peu solennel et froid. Il saluait mon père qui lui rendait son salut. Cela se faisait parfois en silence. De moins en moins. Hermann était désireux de parler, et mon père était décidément curieux de cet homme mû par l'autodiscipline, qui mettait tout en perspective de façon loyale et se tenait à distance du présent. Un matin, Hermann se retourna sur le seuil et lança :

– *Kenavo*, monsieur.

Mon père manqua de renverser son bol. Un Boche lui disait au revoir en breton. Hermann sortit sans un mot de plus. Mon père se voûta, se prit la tête entre les mains :

– Combien de temps devrons-nous encore payer pour les jeux de rôles des politiciens ?

Hermann ne pénétrait pas dans le salon sans y être invité, mais il s'attardait si aimablement au seuil qu'il était impensable de ne pas dire : « Bonsoir… Entrez ». Plus généralement, j'étais devant le fourneau ou l'évier quand il revenait. Il prenait plaisir à toquer, me voyait sourire, ouvrait la porte sans attendre d'autre signe que ce sourire. Un jour, je vis son regard s'attarder sur un petit cageot de pommes.

– J'ai besoin de vitamines.

Il s'assit spontanément et prit un fruit. Je lui tendis un couteau.

Parfois j'étais dans la cour du vétérinaire, en contrebas du jardin, occupée à aider Robert ou bien à soigner mon cheval. Je n'accompagnais plus mon père dans ses tournées. Je ne galopais plus dans les chemins creux. Je me contentais de brosser mon cheval et de lui donner du fourrage. Encore étais-je mal à l'aise pour le faire si des soldats allemands traînaient dans la cour avec leurs propres chevaux ou la « traction avant » réquisitionnée de mon père. Dans un box voisin, le cheval de Hermann avait droit à des soins particuliers. J'y veillais du reste, car il avait appartenu à mon père. La bête me reconnaissait, je lui caressais l'encolure.

J'étais donc à l'écurie quand un soir Hermann survint dans la cour. Il sauta de cheval, attacha la bride et vint vers moi. Il me redit ce qui était resté sans écho :

– Je voudrais galoper sur la dune avec vous, Glaoda… Ce serait une belle promenade...

– Risquée !

– Je saurai vous protéger… Ne nous embarrassons pas de l'adversité ambiante...

J'en avais tellement envie. J'appartenais à un pays romantique, et que pouvait-il y avoir de plus romantique qu'une course sur la dune avec un homme qui avait grandi dans un paysage similaire ? J'étais une Bretonne de vingt ans assoiffée de mystères. J'étais fraîche et pleine de santé. Et j'étais bonne cavalière.

Surtout j'étais amoureuse.

Ajoutons qu'enfant, c'est avec passion que j'avais écouté ma mère lire en anglais des passages de *Moby Dick*. On comprendra l'imagination galopante d'une jeune fille livrée à elle-même à cause de la guerre, seule pendant des heures, et qu'enchanterait la parole du premier venu. Or, Hermann n'était pas le premier venu ! Il était un don du ciel. D'aucuns diront : de l'enfer. Il était la vigie en haut du mât, à la fois contemplant l'étendue marine et fouillant l'horizon en quête d'un point infime et précis ; il nouait la vue d'ensemble et le regard pointu. Quand il disait que l'intériorité est difficile à conquérir mais qu'une fois conquise, la plus grande lâcheté est de la délaisser au profit de l'extériorité, je tremblais d'acquiescement. Il m'apprenait à ne céder à aucune échéance immédiate. Il s'imposait à mon imagination, à mon cœur, à ma raison. J'en venais à vouloir, comme Achab, « fixer un vertige » en haut du mât.

– N'est-ce pas que nous irons, Fleur de bruyère ?

Je lui avais parlé de *Bleun brug*, « Fleur de bruyère » en breton, nom du vieux mouvement régionaliste mis en place au début du XXe siècle sous le signe de cette fleur de sang, courte et résistante, qui couvre de mauve la dune en été. Il me prit aux épaules.

– Savez-vous ce que vous représentez pour moi, Glaoda ?... Un air limpide... Grâce à vous, je respire... Savez-vous ce que c'est que de ne pas pouvoir respirer ?... Dites que vous m'accompagnerez...

– Oui.

❧

Le lendemain je devais me rendre à Brest chez Nicole, une cousine de mon père. Je pris gaiement le car avec tante Anna et portai, presque en dansant, le cabas rempli de victuailles : des œufs, du beurre, un peu de lard, des pommes de terre, des pastilles de saccharine aussi ; les Brestois manquaient de tout. Nous allions les donner à Nicole en échange de pull-over. Nicole, bonne tricoteuse, défaisait et refaisait les chandails que les gens lui donnaient. Elle habitait dans le quartier Saint-Martin un immeuble qui tenait encore debout, Dieu sait comment. Ma tante se moquait gentiment de la cousine qui, lorsqu'elle courait vers les abris lors d'une alerte, emportait dans son sac à main des emprunts russes, son livret de Caisse d'Épargne, trois cuillers en argent, quelques bijoux.

Les premières bombes sur Brest avaient été allemandes : les attaques visaient le *Richelieu*. Puis, à cause, je l'ai dit plus haut, des gros abris aménagés au fond de la Penfeld pour la Kriegsmarine, avaient commencé les bombardements de la Royal Air Force sur la ville, deuxième défense antiaérienne du Reich après Berlin ; c'était le 8 juillet 1940, et en septembre la gare avait été touchée. En 1941, la présence des trois meilleurs cuirassés allemands avait augmenté la fréquence des bombardements britanniques, surtout nocturnes : les raids du 4 avril avaient incendié l'hôtel Continental, QG de l'occupant ; ceux des 14 et 15 avril, d'une violence inouïe, avaient même atteint l'hôpital civil ; le 24 juillet, les Brestois avaient tous cru mourir. Et depuis 1943, c'étaient les forteresses volantes américaines qui bombardaient le port ; de jour, car à plus haute altitude que la RAF et échappant aux tirs allemands... C'était un déluge de bombes... Nicole se demandait combien de temps elle pourrait rester dans une ville toujours un peu plus en ruines, mais refusait de venir à Gwitalmézé : rester dans la ville blessée était, selon elle, une forme de résistance. D'ailleurs, elle participait à la Défense passive.

Nicole savait que nous hébergions un officier allemand affecté à la défense lointaine de la *Festung*, elle savait que Hermann Christhaller avait travaillé à Brest, aux Quatre-Pompes, dans les *U-bootebunker* avant de s'occuper du mur de l'Atlantique et des obstacles de plage. Est-ce que nous ne souffrions pas trop de la présence du nazi ? s'inquiétait-elle.

– Il est poli, dis-je.

– On voit tout de suite qu'on a affaire à un homme distingué, Nicole,… et éduqué !… C'est autre chose que la bande de sauvages de Lézérouté ! lançait tante Anna.

Elle désignait ainsi le détachement russe venu prêter main-forte à la Wehrmacht. Si les officiers allemands et russes paraissaient s'entendre, la troupe allemande n'avait que mépris pour la troupe russe, ce qui nourrissait une petite guerre dans la guerre ; nous en faisions les frais. C'est en tremblant que l'on croisait les Russes de Vlassov dans les rues de Gwitalmézé : ils volaient les poules, pillaient, malmenaient les gens, les effrayaient tellement que la population (les femmes surtout qui s'enfuyaient à leur approche) savait gré aux Allemands de leur éducation et en venait à voir ceux-ci d'un meilleur œil. Tante Anna raconta à Nicole l'aventure nocturne dans l'armoire, et lui vanta la correction des Fritz.

– Dommage qu'ils soient nos ennemis, Nicole ! Ils sont tellement beaux. Si tu voyais le Boche de mon frère ! On ne cracherait pas dessus en temps de paix…

– Vous feriez peut-être bien d'éloigner la petite !

– Tss… Tu déraisonnes... Il n'y a pas plus respectable, je te dis !

Je baissais la tête. J'avais hâte de rentrer à la maison, de revoir le Boche sur lequel je ne crachais pas en temps de guerre. Seul ce qu'il disait m'intéressait, loin de lui je m'ennuyais. Nicole me fit essayer un pull moelleux. Je le gardai sur moi et la remerciai.

– Avec ça tu n'auras pas froid, mignonne !

Ma tante et moi reprîmes le chemin de la gare routière. Dans le car, Thérèse Bizien donnait les tickets. On fit plusieurs haltes. Je notai que des hommes montaient, lui remettaient des papiers aussitôt glissés dans sa sacoche et s'éclipsaient.

À la descente du car, Robert nous attendait. Il se précipita vers nous.

– Glaoda ! Ton père…

Mon père avait été arrêté. Il était à la Kommandantur. Épouvantée, tremblant de tous mes membres, je laissai là ma tante et courus à la maison, haletante, quasi portée par Robert.

– Hermann ?

Il n'était pas là.

Tout d'un coup, le galop sur la dune, la courtoisie, la tendresse, Friedrich, Heine, Rügen, Goethe, à des années-lumière ! Dans l'obscurité du salon, recroquevillée dans un fauteuil, j'attendais. J'attendais l'officier, frémissante non plus d'amour, mais de fureur et désespoir. Le gravier ne crissait pas. Et s'il ne revenait plus ? La pendule sonna huit heures, neuf heures – et les quarts d'heure. Où était mon père ? Tenaillée par l'angoisse, je n'avais plus d'yeux pour rien, j'étais tout oreille. Mais le gravier ! Le gravier ne crissait pas. J'ai été naïve, j'ai pris un soldat nazi pour un être d'élite. Comment ai-je pu m'éprendre d'un ennemi ? J'ai honte. Je ne veux plus le voir, je ne lui parlerai plus. Comment ai-je pu avoir de l'estime pour lui ? Ah ! le gravier crisse ! Ce n'est que Robert. Laisse-moi, Robert, monsieur Christhaller va arriver, il va forcément arriver. Dix heures. Pas un bruit, hormis le vent, lugubre. J'étais tétanisée. Le Boche est occupé à déporter mon père, il ne reparaîtra plus...

Soudain l'aboiement du chien. Je bondis du fauteuil. Derrière le rideau, des phares éclairaient la nuit. Le gravier crissait. Une voiture pénétrait dans la cour. Des voix. Une démarche rapide sur le perron. Et au seuil de la cuisine, Hermann.

– Bonsoir, Glaoda... J'ai passé toute la journée à la Pointe Saint-Mathieu... Là-bas aussi, c'est beau...

Je me jetai sur lui, prête à griffer. Il lut l'effroi sur mon visage, tint ferme mes poignets. La gorge sèche, peinant à m'exprimer, je dis ce que je venais d'apprendre. Il n'eut pas l'air surpris.

– Cela devait arriver.

Droite et raide comme une épée, mais le regard comme une lanière, je réclamai mon père. Je n'implorai pas, j'exigeai un droit. Le regard clair de l'officier devint nocturne.

– Chut... Je vous rendrai votre père, Glaoda... Je vous rendrai votre père, quel qu'en soit le prix pour moi...

Sa voix était assurée, mais ses épaules s'étaient voûtées. Il y avait comme une provocation très douce dans sa parole, et comme un pari très courageux. Si courageux que le regard une seconde vacilla. J'eus l'impression que seuls les yeux prenaient la mesure des mots prononcés.

Il monta quatre à quatre à sa chambre, redescendit aussitôt, sortit en claquant la porte de la cuisine derrière lui. J'entendis des voix et des pas du côté des communs, puis le moteur de la traction avant.

Le cœur près d'exploser, j'attendis encore. J'allais, venais. Une heure s'écoula, une autre. À deux heures du matin, la voiture. Et des pas. Nulle voix. Je me précipitai.

Hermann revenait avec mon père.

– Papa !

Mon père mit la main sur mon bras, mais ne parut pas me voir. Il regardait droit devant lui, alla droit vers sa chambre. J'emmenai Hermann au salon.

– Venez, venez…

– Il faut à l'avenir que votre père soit plus prudent… Nous sommes en train de perdre cette guerre, et la Gestapo sera sans pitié pour les hommes qu'elle soupçonne de saboter nos installations… ou d'aider les aviateurs qui sont vos alliés… Sans pitié…

– Aider les aviateurs alliés ?

– Mais faites-moi confiance…

Je me souviens que je me suis effondrée sur le sofa et que j'ai donné libre cours à mes larmes. Hermann était nerveux ; son visage était pâle et portait les traces d'une âpre discussion. Pour se détendre, il a joué du piano. Nous ne disions rien. Bientôt nous n'écoutions plus de la musique, nous écoutions le silence auquel Debusssy donnait la parole.

Il a cessé de jouer, s'est retourné, est venu vers moi, m'a tendu la main, m'a relevée. Je me suis laissé faire : je ne savais plus où donner de la tête. Elle était lourde, ma tête, si lourde. Oh, la poser, la déposer ! Hermann a empoigné mon bras. Ce n'est pas mon bras, c'est ma tête que j'ai sentie empoignée. Défaillante, je me laissais conduire. Nous avons monté l'escalier. Il s'est arrêté à la porte de ma chambre. Il a tourné la poignée de porcelaine blanche, et allumé. Un bloc d'encre en face de nous désignait le jardin paisible. Le vieux bois de la fenêtre laissait respirer le vent dans la chambre.

Je ne sais plus bien comment les choses ensuite se sont passées. J'ai pressé Hermann contre mon cœur. J'ai dit merci. Et confiante, la parole s'est coulée dans la chair. Il y a eu une très douce incandescence. Elle s'est muée en paix profonde, la mer n'est pas plus profonde ; en souffle profond, le vent ne va pas chercher son souffle plus profond que nous n'allâmes chercher le nôtre. Et le doux brasier, et la paix, et le souffle ont eu raison de la honte. Il n'y avait plus une fibre de moi, une fibre de lui que nous ne sentions vibrer, et vibrer à l'unisson. Je buvais la sueur du temps sur sa poitrine, – j'ai envie de dire : la sueur de l'Histoire. Je caressais du doigt sur ses paupières une aile qui avait traversé les océans. Attendrie, émerveillée, je découvrais les gestes de l'amour et m'y glissais comme un oiseau dans l'air. Tout était simple, et le naturel féerique. C'était le début du monde. Je faisais l'amour sans trop savoir que je le faisais, tant cela dépassait la chair. Je dis : faisais. À tort, peut-être : j'étais à peine consciente de ma chair. Nous étions d'abord une seule et même langue. Mais c'est en quoi sans doute nous avons réellement fait l'amour.

❧

Hermann avait pris sur lui d'intervenir, il en paya le prix : désormais on se méfiait à la Kommandantur de l'officier de la Todt hébergé chez un saboteur, et qui avait résisté aux Gestapistes, leur avait arraché la libération d'un homme à abattre.

À la maison, Hermann ne pouvait plus faire semblant d'ignorer que mon père appartenait à un réseau de Résistance. Et mon père ne pouvait pas faire semblant d'ignorer qu'il devait sa liberté à une relation qu'il désapprouvait entre un Allemand et sa fille.

La situation devint tendue. Néanmoins elle obligeait chacun à voir plus loin que la guerre, à méditer la guerre davantage, à penser l'amitié et l'inimitié, l'offense et le pardon.

Sans rien expliciter, nous nous enfonçâmes – élevâmes ? – tous les trois dans une forme de résistance supérieure, laquelle pouvait conduire à l'abîme. Nous assumions ce risque au nom d'un absolu qu'il restait à cerner et définir, mais devant lequel une exigence intime nous forçait à nous incliner.

Il y allait d'une sagesse d'avant l'Histoire, à laquelle l'Histoire n'était pas parvenue et à laquelle trois êtres minuscules dans l'étendue de l'espace et du temps décidaient de parvenir *hic et nunc*.

Il y allait d'un écho à la grande voix océanique qui recouvre les aléas de l'Histoire.

Il y allait du roulement qui recouvre les fosses abyssales et « vient mourir, Seigneur, au bord de votre éternité ».

La mer d'Iroise et la mer Baltique brassaient les mêmes flots, soulevaient les mêmes vagues, nous commandaient d'y nouer notre destinée.

VIII

La semaine suivante fut calme. Décembre avançait. L'essence manquait à Gwitalmézé ; on voyait moins de « tractions avant ». Le silence des ruelles était troublé surtout par les sabots des chevaux, les officiers russes se déplaçant toujours à cheval, les officiers allemands désormais plus souvent. Il arrivait qu'en pleine nuit mon père fût appelé pour soigner un cheval du détachement russe.

À ce sujet, Hermann dit un jour à mon père, tout en visant un meuble bas où il avait deviné qu'était caché un des deux postes de radio :

– Nous craignons la Résistance bretonne… Elle nous harcèle, elle est partout, jusque dans nos bagages... Nous ne suffisons plus à la contenir… C'est pour ça que mes supérieurs ont choisi de faire venir et d'employer à Gwitalmézé des soldats polonais et ukrainiens de l'armée Vlassov…

Son regard revint vers mon père.

– Vous savez… Je méprise les hommes dépêchés par Darnand dans la région... Je méprise ce Di Costanzo qu'il a mis à leur tête… Je méprise votre milice, vos francs-gardes… Je méprise les êtres soumis qui se vengent d'eux-mêmes en soumettant les autres...

Il disait mépriser le *Bezen Cadoudal* qui collaborait avec la colonne russe et que la milice venait de rebaptiser *Bezen Perrot* en hommage à l'abbé du même nom.

– Voyez-vous, que cet abbé ait appris par nous, Allemands, la vérité sur Katyń, c'était ça l'impardonnable… Désormais sa mémoire va être salie par la milice qui a pris son nom…

L'abbé Perrot avait été tué le 12 décembre par un communiste après qu'un tribunal FTPF (Francs-Tireurs Partisans Français) l'avait condamné à mort pour avoir, entre autres, dans *Feiz Ha Breiz*, une revue autonomiste bretonne, accusé les soviétiques du massacre des officiers polonais à Katyń.

– Depuis le début de la guerre, votre région témoigne des comportements extrêmes… Cela en dit long sur le tempérament breton, ses contradictions…

– Sa volonté de dépasser les contradictions !

– J'aime cela… J'ai de l'estime pour les résistants, même si je dois les combattre… Au moins avec eux, nous sommes entre gens d'honneur…

Hermann se tenait debout, près du guéridon couvert d'un tapis grenat sur lequel était posée une lampe à abat-jour doré. La lampe diffusait dans la pièce une lumière favorable aux confidences. Il porta les mains à ses tempes.

– Pourquoi, mais pourquoi nous obstinons-nous à trouver un sens à l'insensé ?

– Vous voulez dire : à la vie, monsieur Christhaller ?

– Oui… Pourquoi ?... S'il y a un sens, mettons qu'il y en a un, c'est l'enchaînement !… La chaîne, maître mot de la vie...

– Mais alors le sens consiste à se désenchaîner, non ?

– Vous avez raison, Glaoda...

Nous nous regardions mutuellement, contents d'être tous les trois réunis, soulagés parce que nous vivions ensemble l'infortune, fût-elle pour chacun différente. Nous étions là, à dialoguer, et rien ne troublait une causerie paisible, rien n'était porteur de guerre, bien qu'il ne fût question que de guerre. Je dis causerie, plutôt que conversation, car dans causerie il y a une notion de séjour mental auprès de l'autre. La paix prenait forme sous la langue.

De plus en plus sensible à tout ce qui advenait, j'étais de plus en plus insensible à la nécessité de prendre parti pour des hommes contre d'autres hommes.

Bientôt l'hiver. Il ne faisait pas froid, il faisait triste. Et quand il fait triste dehors, on fait tout pour qu'en plus ce ne soit pas triste dedans. L'intimité se resserrait donc. Elle était faite, avant tout, de délicatesse et d'obligeance. D'une obligeance que je n'ai jamais connue ensuite dans aucune relation amoureuse. Une obligeance liée au sentiment de la faute, car nous avions beau nous sentir forts d'une résistance supérieure, la situation extérieure nous valait des bouffées de culpabilité.

Alors ces soirs-là (si mon père était absent ou dormait, – si je le croyais endormi, peut-être ne l'était-il pas), Hermann et moi, nous nous retirions vite dans ma chambre. Dans mon lit, nous écoutions la pluie s'abattre sur les vitres et le vent se plaindre ou mugir dans les arbres. Hermann évoquait l'île de Rügen en hiver, le bac qu'il prenait à Stählbrode et qui accostait à Sassnitz, les promenades frileuses dans l'Île des Légendes ; je répondais que la côte de Porspoder s'appelait la Côte des Légendes…

– Penser qu'elle est aujourd'hui un champ de mines !

– Chut…

Collée à son flanc sous le drap, je l'écoutais dire que Friedrich avait peint une *Femme à la plage de Rügen* et qu'on appelait Rügen l'*Île du royaume des fées* ; je répondais qu'un Français avait écrit *La Fée des grèves*. Il disait la campagne dénudée, le vent qui soufflait, la brume glaciale en décembre ; je disais la dune rase, les rafales du vent d'ouest au long des hivers bretons. Il disait la lumière verdâtre du ciel glacé ; je disais la lumière vert-de-gris de mes grèves. Il disait l'atmosphère sombre et pensive de son pays ; je disais l'atmosphère austère et dépouillée du mien. Il disait les maisons blanches, vieillottes, oniriques de Putbus ; je disais les maisons en pierre d'Ouessant, trapues, aux baies étroites et qui tournent le dos au vent marin. Il disait le climat de la Baltique qui ne prédispose pas à la mollesse ; je disais la même chose du climat breton. Il disait l'éducation sévère qu'il avait reçue, qui comprime l'énergie, puis la fait éclore dans un esprit souple comme du jonc ; en écho, j'évoquais mes années de pensionnat sur le cours Dajot, face à la rade de Brest.

Nous convenions en soupirant que dans nos pays respectifs il fallait toujours faire des efforts… Et justement, nous cessions d'en faire...

– Ici j'ai trouvé un espace où me plaire physiquement et mentalement… Fallait-il que je sois en terre ennemie pour que je devienne moi-même ?... Glaoda, tu es mon autre à visage de femme…

J'étais l'autre. Non l'alter ego, non un autre soi-même ! J'étais pour mon amant (je le compris beaucoup plus tard) l'autre de lui-même : l'autre du même – et le même de l'autre. Cela rendait irrecevables les impératifs de la guerre.

Une nuit, alors que son uniforme était posé sur une chaise, Hermann le regarda en riant. Et le rire devint sourire :

– C'est ma déposition de croix…

Il me désigna le brassard sur la vareuse.

– Tu vois cette croix gammée, mon ange ?... Le coude dans les branches de la croix signifie le mouvement… La roue tourne… Le svastika initialement tourne de l'est vers l'ouest… Or, la croix nazie tourne de l'ouest vers l'est… Le Führer a inversé le sens : il a « détourné » le sens du svastika…

– Cela ne veut-il pas dire que l'ennemi va débarquer à l'ouest et repousser les nazis vers l'est ?

– Les temps vont changer… Le temps viendra où nous serons européens… Toi et moi, nous aidons le temps à changer…

Il ajouta que Hitler, enfant, avait été frappé par un svastika gravé sur une clé de voûte chez les Bénédictins de l'abbaye de Lambach, ensuite de quoi il en avait fait le symbole nazi.

– Surprenant détournement, hein ?

Il se blottissait contre moi. J'offrais à l'officier ennemi la possibilité de se dévêtir d'un rôle : il se sentait délogé de son habit et relogé en soi, via le doux logement en moi.

– Ici je peux défaillir sans crainte d'être trahi… C'est ça qui est bon… Ici j'ai trouvé une terre natale...

Et sur mon oreiller, il murmurait :

– Tu es le féminin accueillant… Glaodouchka, ma petite âme…

Puis il parlait de la bonté qu'induit la paix. Il disait qu'en ma compagnie il passait dans un autre temps. En effet, nous vivions dans le temps de l'amour : le temps de la bonne défaillance, le temps du non-clivage, de l'évanouissement dans le non-clivage, le temps du dépassement de l'identité… Allemand ou Français, et alors ? J'étais devenue à la fois le temps et le lieu de l' « étranger ». C'était un amour non d'avant la guerre, d'avant la possibilité de la guerre. Et chacun conduisait l'autre au-delà du présent, vers le large.

J'ose écrire que les mots savaient mieux que nous ce que nous devions dire. Aussi les laissions-nous dire. L'entente se situait en deçà des mots, et nous nous reposions en eux qui montaient d'une compréhension pensive. Peut-être les mots étaient-ils le sourire de l'entente, – la face audible de l'harmonie.

Je parlais toutefois moins que Hermann. Il arrivait qu'il s'exprimât en allemand. L'allemand est une langue dure qu'il parlait doucement. Ou bien il disait quelques mots en russe, pour le bonheur de parler dans cette langue qu'il disait affectueuse, sensuelle et métaphysique. Sans comprendre, je l'écoutais disant. Et j'étais sensible à la voix bien tempérée. Il ne s'épanchait pas, il s'adressait à ce qui n'était plus ni lui ni moi, mais nous portait lui et moi, nous enveloppait. Oh, l'élan d'affection que je ressentais ! Je l'entends encore, avec l'accent suave que donnait sa voix basse, aussi parce qu'il cherchait sa pensée tout en parlant.

Je peux dire que quelque chose de vrai se réfléchissait en nous comme dans un miroir. Même, nous étions comme un miroir qui regarderait la chose réfléchie. Quelle chose ? La tension gratuite et risquée vers l'autre.

J'invitais son silence dans mon lit.

J'invitais sa parole à ma table.

Un soir dans la cuisine, je relevai le poignet de sa chemise. Devant ce geste banal, Hermann fut comme en extase.

– Je ne pensais pas qu'un jour j'aurais trouvé autant… autant d'aménité !

Au salon, il parlait à mon père de Lübeck, la ville du Lion, première ville du Nord où l'on avait imprimé des livres en 1477. C'est de Lübeck, disait-il, qu'est parti l'art du livre en Russie. Soudain il lançait :

– L'*Atlantik-Wall* ne m'intéresse pas !... C'est une clôture, et laide... Quiconque a le sens de la beauté ne peut pas se plaire dans la tâche qui est la mienne… À tout prendre, piloter un avion de chasse est plus esthétique… Même sinistre, c'est un ballet dans le ciel !... Et, au moins, les pilotes de la Luftwaffe ne font pas le salut nazi !...

– Ah bon ?

– Ils ont un code d'honneur qui échappe à la politique… Oh, que cette guerre me pèse !... Elle m'ennuie, elle ne me convient pas… Il faut, coûte que coûte, prendre de la distance avec la politique…

Mon père lui demandait un jour comment il avait pu devenir un responsable nazi. En soupirant :

– Le suis-je ?

Il évoqua le destin amer des Prussiens.

– Les théories confuses et la confusion dans l'action, voilà ce qui régit le monde... C'est Goethe qui le dit… En 1832 !... Eh bien, moi, aujourd'hui, je vais vous dire… Hitler est arrivé en temps voulu parce qu'il était simpliste dans une époque confuse… Au départ, on le prenait pour un idiot, on voulait l'écarter… Et on s'est aperçu qu'il savait, plus que ses supérieurs, captiver, avec deux ou trois idées élémentaires, un auditoire germanique dont l'inconscient est toujours à fleur de peau... Ce n'étaient pas les gens qu'il secouait, mais en eux les grands archaïsmes... Avec sa gestuelle, le foudre d'éloquence prenait littéralement à bras-le-corps les mythes fondateurs de l'Allemagne, il les malaxait, les défigurait, les faussait, peu importait... Son élan venait à bout de la détresse de l'auditoire... Alors on l'a envoyé dans les meetings, lui, plutôt que les autres... Et il a commencé à se sentir supérieur à ses supérieurs, intouchable...

L'Allemagne était, ajouta Hermann, comme un champ ouvert par un soc :

– La terre allemande attendait une semence depuis l'humiliation imposée par la France en 1918 !

– N'importe quelle semence aurait germé ?

– Je ne crois pas... Mais Hitler était résolu, vous comprenez ?... En 1939, il prenait les responsables français pour, comment dites-vous ? des chiffes... Il disait de ses ennemis qu'ils étaient « des hommes très au-dessous de la moyenne »... Aucun, selon lui, qui eût de la personnalité... Vous n'étiez pas résolus... Le Führer l'était... Voilà tout...

Il leva et laissa retomber les bras.

– C'était le destin de l'Allemagne de mettre à sa tête un halluciné résolu à changer la société et les individus... Ah ! être résolu à se changer soi-même est sûrement plus pertinent, mais plus difficile... Les Allemands se sont reposés sur un homme déterminé...

Hermann joua quelques notes d'une Gymnopédie de Satie, s'interrompit, plaqua des accords de Wagner.

– Tous les accords sont dans la nature...

Alors il évoqua Schopenhauer et Kierkegaard. Il se sentait proche de cet individualisme radical et austère. Il lui plaisait de retrouver ces traits dans le pays qu'il « occupait » par la force des choses. Il disait de Kierkegaard qu'il était le seul philosophe qui ait conçu véritablement l'existence comme un drame de la conscience.

– Je suis sur terre pour mettre au jour ce que je suis, et m'y tenir... Votre hospitalité m'y aide, monsieur...

Il disait que chez les gens du Nord, le courage étrangement se mêle à une soumission aux forces telluriques... Il disait... Il disait... Et je m'attachais toujours plus à une mélancolie faustienne, à une misanthropie hauturière.

L'homme parlait avec le sombre sérieux d'une âme guerrière qui en voulait à la guerre d'être une chose haineuse et vile, une chose sans envergure. Lui importait l'âme guerrière qui favorise le déploiement des ailes. Lui importait la pensée rigoureuse de la guerre qui permet d'éviter la guerre. Il disait que seul compte ce que l'on reconnaît comme beau et vrai.

– Mais si les autres ne reconnaissent pas pour belle et vraie la même chose que vous ?

Il souleva le lourd rideau framboise à fleurs jaunes. Un rai de lumière se faufila : un phare, au loin. Je dévisageais l'homme. Au-dessus des yeux verts, presque translucides, le front déjà avait des rides.

– Tss... tss... Ce qui est vraiment beau l'est pour tout le monde, Glaoda... Le ciel étoilé, le Führer sait qu'il est beau... Le seul problème, c'est qu'il ne prend pas la peine – je dis bien : la peine, car c'est une peine – de voir que les étoiles clignotent même au-dessus de l'Obersalzberg... Il est aussi enfermé dans le Berghof que Louis II de Bavière dans son château...

– À sa suite, vous nous empêchez de regarder le ciel : il nous faut le soir voiler nos fenêtres.

– Vous savez en ouvrir sur des étoiles intérieures !

Mon père laissait dire. Cette vie reposante à la maison, si proche de la *still life* des tableaux de Chardin, abolissait le vacarme des bombes. Hermann retournait au piano, jouait pianissimo quelque étude, laissait les notes expirer dans le silence de la maison, tandis que soulevant à mon tour le lourd rideau, je regardais glisser des gouttes de lune ou bien de pluie sur la vitre. Nous étions tout à une étrange violence qui s'écoulait dans une non moins étrange douceur.

Et les jours et les nuits s'agençaient. Il y allait d'une relation patiente.

Quand le ciel était clair, j'aimais m'asseoir sur le perron. Deux ou trois fois, Hermann revint de ses tournées d'inspection alors que j'étais là, à regarder la nuit tomber. Oh, cette faiblesse en moi quand j'apercevais sa silhouette, quand j'entendais sa voix ! Il s'asseyait sur une marche. Nous devisions. Tout ce qu'il disait me semblait profond comme un puits de mine – et portant loin dans les nues ! Tout ce qu'il disait me réjouissait. Une fois, contemplant le ciel étoilé :

– J'ai lu, Hermann, que Dieu aime les hilares…

– Pardon ?

– Au sens latin du mot !… Les gens qui sont de bonne humeur, joyeux. Sainte Catherine de Sienne devenait hilare quand elle priait, et sa prière rendait les anges hilares…

On se serra avec « hilarité » l'un contre l'autre.

Certains soirs, je dormais à son retour. Plus souvent j'étais couchée, aux aguets, et, passée une certaine heure, je devenais anxieuse. J'épiais les sons qui provenaient des dépendances, le bruit de sabots des chevaux, les pas précipités sur les marches du perron. Je respirais mieux quand j'entendais le frottement des bottes sur le paillasson et tourner la poignée de la porte de la cuisine. L'escalier craquait. Hermann passait dans le couloir plein de nuit. J'allumais ma lampe de chevet pour qu'un rai de lumière sous la porte l'invite à frapper. Parfois il s'arrêtait… et poursuivait. J'entendais se refermer sa porte. Je le savais alors tracassé et refusant de partager trop de soucis. J'avais mal pour lui et continuais de prêter l'oreille aux pas feutrés qui résonnaient sourdement dans la chambre.

Plus souvent il frappait, pressé de me rejoindre sous le drap.

– Tu as dîné, au moins ?

– Tu es mon pain blanc…

Il s'allongeait sur moi, m'embrassait de manière lente et réfléchie dans le creux du cou, à gauche, à droite, il écartait mes genoux, descendait le long de moi, remontait le long de moi, se redressait, son ventre se creusait comme une mer houleuse, et il s'abattait sur moi. Il s'emparait de mon corps et m'abandonnait son âme. Il prenait mon corps pour me livrer son âme, voilà ce que je ressentais. Et moi, je ne savais plus si j'étais prise ou si je donnais. Je m'incorporais ses mots, son haleine, sa salive, toute sa coulée. Le grain de sa peau devenait le grain de l'air, et l'air était celui des hauteurs, – oserais-je dire : un air vierge ?... Enfin délicieusement moulus par l'entente, les sens comblés, stupéfaits par le miracle de l'amour, on restait étendus au flanc l'un de l'autre, brisés comme si on s'était avancés à l'extrémité – exquise, or tellement périlleuse – de je ne sais quelle jetée hyperboréenne…

Quand la nuit tombait, j'avais ainsi l'impression de quitter l'orbite de la guerre. Là où se passait la guerre, c'était au loin une planète grosse comme une tête d'épingle.

Quand le jour se levait, la vue de l'uniforme que devait revêtir Hermann, avec sur le col montant l'insigne O barré d'un T, me ramenait à la planète usée et souillée.

Je vivais le jour avec l'impression d'avoir été « enchantée » la nuit : métamorphosée, absente pendant des siècles. J'avais transgressé l'interdiction, telle Mélusine, et vu ce que je ne devais pas voir : la paix au-dessus de la guerre.

Et de la constellation nocturne, civilisée, humaine, il fallait retomber sur la planète diurne, barbare, inhumaine, or celle où il y avait les humains.

Le rêve était humain, la réalité inhumaine.

❧

Tandis qu'à la maison nous étions occupés à lutter contre la guerre, dehors mon père s'activait au sein de la guerre exécrée. Relâché grâce à Hermann, il continuait de résister. Il appartenait dans le réseau Alliance, (je l'ai appris plus tard et j'ai su que le fils de son ancien employé, Félix, qu'avait fait libérer Hermann à Brest, assurait avec lui des opérations de renseignements pour Londres), au groupe Élie chargé de mettre en lieu sûr les armes laissées par les Alliés. C'était dangereux : l'organisation Todt avait remplacé à Kervigorn une batterie de côte par un ensemble encore plus fortifié, en vue de mieux défendre la grève de Corn-ar-Gazel située à l'embouchure de l'Aber-Benoît. C'est dire que Hermann et mon père s'occupaient des mêmes lieux !

J'en étais sûre maintenant : Hermann savait tout des agissements de mon père, et mon père savait que Hermann savait. Mon père savait aussi qu'il ne serait pas trahi et continuait donc d'agir. L'officier allemand feignait d'ignorer la cause de ses absences nocturnes. Il était entendu – tacitement – que le soin à apporter aux chevaux allemands et russes suffisait à expliquer ces absences.

De ses journées le long de la « Défense côtière », Hermann rapportait des croquis qu'il me montrait en maudissant l'époque qui l'empêchait de poser un chevalet sur un littoral.

– Tu m'accompagneras sur la dune, Glaoda… J'ai besoin de repérages…

– Entre deux blockhaus ?

– Chut… Je te montrerai mon pays dans ton pays...

Nous savions le danger de notre relation. Mais elle élargissait notre conscience, et l'instinct de mort qui se mêlait au ravissement l'élargissait encore. Hermann se plaisait à m'inoculer une vision supérieure de la vie, devinant que j'aspirais à cette vision autant que lui et ayant trouvé en moi une oreille réceptive.

Je goûtais la compagnie d'un homme ensemble audacieux et réservé, idéaliste et lucide, qui voulait incarner un rêve – parce que je cristallisais l'occasion et le moyen d'incarner ce rêve.

J'en vins à lui dire qu'il portait bien son nom de Christ et de cristal. Il me dit que le mien, Ruzcoat ou forêt rouge, m'allait bien aussi.

– L'innocence se cultive… N'oublie jamais, Glaoda...

– Mon amour !

J'avais rencontré un homme à qui la bassesse était tout bonnement étrangère. Et je ressentais la nécessité morale de me hisser à la hauteur d'un révolutionnaire, au sens éthique du mot.

Il y aurait eu du déshonneur à refuser la compagnie d'un homme d'honneur ?

Quand bien après la guerre je lus Le Silence de la mer, *je fus affligée. Ce livre me hante. J'ai essayé de donner raison aux personnages de Jean Vercors. En vain. L'histoire ne tenait pas la route. L'officier allemand et la jeune fille française avaient eu, de novembre 1940 à juillet 1941, l'occasion de parler, d'échanger des idées, de montrer que l'on peut, au sein de la guerre, être plus fort que la guerre, de prouver que les individus peuvent continuer d'être sages quand les masses deviennent folles. Le mutisme de l'oncle et de la nièce me semblait, outre impossible pratiquement, navrant moralement : au nom de la liberté, c'est la liberté dont la jeune fille avait eu peur et qu'elle avait repoussée ; elle n'était pas une Française libre. Non. Et le livre ne répondait pas à l'exigence intime de résistants conscients du prix de la paix entre les personnes et les peuples.*

Combien de fois néanmoins, prise de doute, me suis-je replongée dans le « livre culte » d'une génération ? Cette rencontre similaire, cette conduite différente. Qui avait raison ? La jeune fille du récit ou moi ? L'accueil fait au Silence de la mer *lui avait donné raison, à elle. Alors j'ai tu mon histoire.*

Néanmoins, bretonne du bord de mer, je savais qu'il n'y a pas le silence de la mer, mais l'écho, irréductible au silence, de la mer.

Rien donc n'y faisait : je ne concevais pas qu'une exigence morale pût ajouter aux lignes fortifiées ; pût mener à l'obstruction de l'amour, non à son rayonnement. Je n'admettais pas qu'une jeune Française, alors qu'elle avait en face d'elle un homme de cœur, un esprit soucieux de dépasser les antagonismes de la guerre et son cortège de barricades, s'enfermât – sept mois durant ! – dans un silence de statue et, pire, enfermât dans un monologue l'étranger qui aspirait au dialogue ouvert et franc.

Il était par ailleurs peu crédible qu'un officier allemand demandât à partir sur le front russe juste ouvert, – à partir « pour l'enfer », comme il est écrit. Dans ce cas, si, accablé par ses compatriotes nazis et la muraille mentale dressée par ses hôtes, l'officier voulait mourir, ne trahissait-il pas les hommes qui mouraient de vouloir vivre – ceux qui tentaient l' « échappée belle » par-dessus toutes les clôtures ?

Jean Vercors avait écrit un livre d'homme, – et de circonstance, même de propagande. (C'est du reste ainsi qu'à Londres de Gaulle l'avait perçu, en faisant rééditer, en vue d'une large diffusion, l'ouvrage d'abord tiré à trois cent cinquante exemplaires. Et c'est là-bas que le résistant Jean-Pierre Melville allait découvrir le livre qu'il mettrait en scène dans un film célèbre.)

Je devais écrire des pages de femme, – et d'expérience. Je devais écrire le pendant féminin au Silence de la mer, *raconter la brève histoire d'un Allemand et d'une Française qui décident de donner tort à la guerre, de dire non à la guerre, et choisissent, frontaliers de l'action et du rêve, d'entrer dans une résistance supérieure.*

Il n'empêche. Je demande à qui découvrirait ces feuillets d'admettre que seule la pensée qu'ils puissent n'être pas lus m'a paradoxalement décidée à retracer, du mieux possible, l'histoire sublime et douloureuse qui m'a faite ce que je suis et dont je continue de croire, en dépit de ce qui me fut dit, qu'elle peut arriver à n'importe qui, sous d'autres latitudes et en d'autres temps.

IX

« Ce qui peut contribuer à sauver le monde, c'est la coïncidence de deux volontés », m'avait dit un jour Hermann en citant Tolstoï.

J'étais dans le jardin, c'était le 23 décembre.

– Demain matin, je vais à Landunvez faire des repérages, inspecter du matériel et l'état de la ligne de chemin de fer…

– Eh bien ?

– Je repense à l'« intervalle sacré »… qui définit, selon toi, l'imaginaire celtique…

À nouveau, il me proposait un moment hors du temps.

– Nous devons faire la guerre aux fous qui nous gouvernent... C'est à eux, Glaoda, que nous devons faire la guerre…

– En étant fous, nous aussi ?

Il appuya ses lèvres sur mon front.

– Le Celte ne se contente pas de rêver : ce qu'il veut, c'est injecter du rêve dans la réalité et créer une surréalité fiable... Tu m'as bien dit cela ?...

En moi une voix, venue je ne sais d'où, m'intima l'ordre de prendre le risque. Il fallait dire « oui » à la civilisation, « non » à la barbarie. Nous ressentions la nécessité d'être réfractaires au commandement politicien, plus encore que militaire. Hermann pensait pouvoir me protéger : je l'accompagnerais sur ordre. Je connaissais les chemins creux et bien des cachettes.

Je fis le lendemain matin seller mon cheval par Robert. Tout en s'affairant, il adressa un regard plein de reproches à Hermann et me dit à l'oreille :

– Prends soin de toi, Glaoda.

Nous sommes partis en direction de la côte. À Bar al Lan, non loin du bel hôtel fin de siècle à colombages réquisitionné par l'ennemi, nous avons tourné à droite vers Portsall. Nous avons attaché les chevaux à un arbre et nous nous sommes engagés sur le sentier étroit du Guiligui. (Il avait été un but de promenade pour mon frère et moi.)

Le Guiligui est un massif rocheux qui s'enfonce dans la mer et domine l'anse de Portsall. Une allée couverte mène à un dolmen installé à la pointe, à la verticale de la mer. Le dolmen a été surmonté d'une haute croix de granit au XIXe siècle. Ainsi la pierre païenne semble-t-elle, comme une eucharistie, tendre un crucifix à l'océan. L'allée est noyée dans les ajoncs et la bruyère, mais à force de passages et de piétinements, un étroit chemin permet de se faufiler entre les épines. Des perles de pluie brillaient dans l'herbe courte. J'ai précédé Hermann et me suis arrêtée devant le dolmen, face au large. Chassée par le vent, la nappe de brume matinale et froide se dissipait au loin, imprimant des hosties de soleil sur la mer. Hermann contemplait.

– C'est exactement ça…

– Vous voulez dire ?

– C'est ce paysage que Friedrich a peint dans le retable de Tetschen !

Il s'est assis sur une pierre, a sorti un carré de papier, dessiné le dolmen et la croix.

– C'est incroyable…

– Que nous soyons là ensemble ?

– Et l'identité des paysages !… Ce panorama… À Rügen aussi, il y a des landes, des dolmens et des menhirs installés Dieu sait par qui… Et le bois de Jasmund est bordé de falaises de craie qui surplombent la mer comme ici… L'âme se sent vite à l'unisson de telles étendues…

– Ou les rejette parce que c'est trop puissant !… Tant d'espace accable…

– Cette côte venteuse, inhospitalière, or si attirante…

Hermann communiait avec l'océan vert-de-gris frangé d'argent, avec là-haut les nuages ourlés d'orange par le soleil levant, avec là-bas la teinte mauve de l'horizon qu'estompait la brume, avec ici le granit couvert de lichen. Pensif, il dit que Caspar David Friedrich avait peint l'écrasement de l'homme devant la nature, mais qu'en peignant cet écrasement avec talent, il avait justement prouvé que l'homme ne se laisse pas écraser. Saisissant mon bras, il dit que Friedrich avait peint un *Matin sur le Riesengebirge* :

– On y voit une femme entraînant un homme vers une croix au sommet des rochers et des nuages…

Il s'est penché. La paroi était à pic.

– Regarde, Glaoda… Les vagues se brisent contre nous, pas nous contre elles…

– À la longue, elles usent le granit !

– Il faut lancer ses forces, toutes ses forces, non pour briser la nature, pour s'unir à elle… Alors l'humain atteint le divin…

– Pour atteindre le divin, j'aime mieux m'unir à l'humain !

Il m'a regardée avec un sourire amusé, comme s'il goûtait ma naïveté. L'air était salé sur ses lèvres, c'était bon.

Le soleil perçait, se voilait, jaillissait. Des rayons chutaient sur la mer en un camaïeu de reflets mouvants. Hermann a évoqué la peinture froide et troublante de Friedrich, les paysages améthyste, roses et gris de lin qui rappellent la côte bretonne.

– Je préfèrerais être du Sud... Le Sud est ensoleillé, extraverti !

– Nous n'y pouvons rien, ma petite âme… Tu es du Nord, je suis du Nord… Les gens du Nord ont une nature philosophique… C'est la tristesse des paysages qui veut ça : elle retourne le regard vers l'intérieur…

– Le Nord est en nous ?... C'est pour ça qu'il ne faut pas le perdre ?

– Exactement… Et ici, la croix n'est plus dans la nature, c'est la nature qui est dans la croix… Comme dans l'*Autel de Tetschen*… En vérité, rien n'est plus naturel à l'homme que le sens du surnaturel…

Il chaussa ses jumelles, regarda le mur antichars sur la plage de la Guisseyère.

– Songer que Goebbels compare l'*Atlantik-Wall* à la muraille de Chine !

Hermann ne croyait pas à la ceinture de fortifications et partageait le point de vue du maréchal von Rundstedt qui y voyait un « mur de propagande » et « un mythe. Rien devant, rien derrière. Un simple décor ».

– Von Rundstedt est un Prussien qui pense... Aussi est-il défaitiste... et mal vu en ce moment par le Führer... Rommel est un soldat loyal, mais buté... Il veut des mines, des mines !... Il est temps qu'il vienne sur place... Oh, il a raison quand il prétend que la guerre sera gagnée ou perdue sur les plages !... Mais j'ai encore plus raison quand je dis qu'elle y sera perdue... Chacun construit son bout de mur comme ça l'arrange... Aucun plan d'ensemble... Ce n'est pas une ceinture, pas même un chapelet, c'est un sablier !... Comme si vos alliés allaient débarquer dans cette région, près d'un port aussi bien défendu par nous que Brest !... Ils savent qu'il vaut mieux se servir des abers pour débarquer et embarquer leurs aviateurs... Et ton père le sait très bien...

Il me regarda en coin et s'esclaffa.

– Hermann !... Vous dites des choses que vous ne devriez pas dire...

Ses yeux eurent des reflets bleu nuit. Me faisant face, mais comme prenant l'océan à témoin :

– Je n'ai plus que ton innocence, Glaoda... Et je prends le risque d'enfouir mon dégoût des hommes dans ta candeur... C'est en cela, en cela seulement, que je pourrais avoir tort... Ah, mon ange, mes pensées ne sont pas pour toi, pas encore... Tu as froid ?

Il me frotta le dos, couvrit mon épaule de son bras. Son bras vêtu de l'uniforme ennemi. L'uniforme brun, vert-de-gris dans la brume, avait les couleurs du paysage de mon enfance – et me réchauffait ! Je me sentais « apparentée » à Hermann et m'ajustais à lui. Je songeais qu'il n'avait pas surgi dans ma vie par hasard, qu'un Dieu peut-être... Je songeais aussi que le soir, nu, il serait un naufragé dans mes bras...

La tête me tournait. Je me raccrochai à la voix chaude. Écoute, écoute ! me disais-je. Et il racontait comment Caspar David Friedrich avait refusé d'aller à Rome parce que la connaissance des modèles antiques l'intéressait moins que la contemplation et la méditation.

– Seule l'intéressait l'expression du sublime…

– Du sublime ?

– De ce qui est en suspens dans les hauteurs de l'esprit… Friedrich vise à traverser la mer de nuages…

– Si l'important, c'est la traversée des nuages, il faut qu'il y ait des nuages !

Hermann me secoua délicatement. Rivée à son flanc, je flottais dans la guerre comme, fixée au rocher, une algue dans la mer.

Son regard allait du paysage à moi, de moi au paysage. Il m'écarta un peu de lui, me regarda dans le faible contre-jour :

– Il faudra que tu voies *Une femme au soleil du matin…* ou du soir, on ne sait pas : Friedrich était au-delà du temps climatique !… Les couleurs du tableau sont celles qui nous entourent… Le vert des ajoncs et le jaune, le mauve, le rose des longs, longs rayons de soleil que la femme, vêtue de nuit à contre-jour, a bizarrement l'air d'irradier plus que la boule lumineuse qu'elle regarde en face… Elle fait de l'ombre au soleil !... C'est toi qu'il a peinte... dans un paysage spirituel… où le vide est habité… où l'horizon est métaphysique… Pourquoi veut-on mettre un Dieu dans le ciel ?... C'est le ciel qui est Dieu !...

J'assistais à un tête à tête entre un homme et la nature. Mieux, je voyais un homme qui tenait tête à la nature : un homme pieux, au sens fort du terme. Son haleine réchauffait mon visage. Il disait aimer la poésie scaldique, ces récits qui font souvenir du poème dans la prose. Il disait que les calvaires cristallisent et diffusent le génie du lieu, et que le génie du lieu est toujours religieux. Il disait que la pierre païenne surmontée de la croix à la pointe du rivage signifie l'extrémité de notre monde, mais aussi le début d'un autre, et annonce une « terre céleste », une vraie patrie, enfin.

Un bruit l'inquiéta. Il chaussa ses jumelles, les reposa sur une pierre.

– Il y a la matrie et il y a la patrie… La matrie c'est l'utérus tiède et clos, la patrie c'est l'univers inquiétant et dangereux… La matrie c'est l'ombilic, la patrie c'est la raison... La matrie est viscérale, la patrie est spirituelle…

– On est l'enfant des deux !

– Non... On hérite d'une matrie, on construit sa patrie… Sur la dune est la patrie, qui sait ?…

Le monde était désert. Il soufflait un vent humide. Appuyé à la pierre mégalithique, Hermann disait que les lieux inspirés suscitent une adoration instinctive. Il disait, citant Jacob Böhme, que la nature est le corps de Dieu et que Caspar David Friedrich a peint ce qu'il voyait en lui, et ce qu'il voyait en lui, c'était le corps de Dieu. Je me blottissais davantage sous le pan du pardessus brun, et sa voix se coulait sous le manteau, je la sentais vibrer en moi.

– Ruysdael et le Lorrain aussi !

– Beaucoup moins... Même si chez l'un et l'autre il y a trois quarts de ciel, les tableaux de Ruysdael ont une douceur qu'il n'y a pas chez Friedrich… Les tableaux de celui-ci représentent des paysages sévères, hostiles, non seulement intemporels, hors de tout espace… Il ne s'y passe rien…

– Ou bien tout, au contraire ?

– C'est-à-dire le sombre passage dans l'autre monde… Ses bateaux dans les brumes évoquent ce passage… Il n'y a pas un tableau qui ne nous inquiète… Tous… Tous expriment de manière nocturne, fantomatique, païenne non moins que chrétienne, le désarroi de l'homme et sa finitude… C'est peut-être parce que le peintre a été initié à l'art par un pasteur…

Une volée d'oiseaux noirs passa au-dessus de nous, obliqua vers le port.

– « Levez-vous, orages désirés » ?… Il y aurait du Chateaubriand chez Friedrich ?

–Voilà... Friedrich, c'est les *Mémoires d'outre-tombe* et le *Génie du christianisme* mis en peinture…

– Je vais t'expliquer quelque chose que tu n'oublieras plus, Glaoda… Au centre de son tableau, Friedrich place souvent une silhouette vue de dos... Ton œil est d'emblée attiré par ce personnage… Ton regard se focalise sur son dos… Et tu t'interroges : Qui est-il ? Voit-il ce que je vois ?... Te voilà amenée à entrer de dos dans son regard, à « endosser » son regard… Autrement dit, à voir le paysage avec les yeux de la figure vue de dos… Avec ses yeux, Glaoda, non plus les tiens !… Ton œil est invité à pénétrer l'énigme d'un regard différent du tien… et à l'épouser !... Bientôt tu regardes à la manière de cet œil invisible… Et ce que tu vois, c'est ce que son âme lui fait voir…

– Comme vous sentez bien la peinture !

Le respect que m'inspirait Hermann m'interdisait parfois de le tutoyer. Songeur, il ajouta :

– Au lieu de lui tirer dans le dos, je préfère pénétrer l'esprit de l'étranger et voir avec ses yeux…

Mais gaiement et me tenant aux épaules :

– J'aime aussi voir l'étranger en face, dans les yeux !... *Fleur de bruyère*, ici je t'épouse…

Il m'a pressée contre sa poitrine. Des filets noircis et déchirés traînaient sur le môle. Hermann pensa aux multiples petits tableaux de Friedrich représentant le retour des pêcheurs à Greifswald.

– Il n'y a plus beaucoup de pêcheurs ! dis-je.

– Il faut lancer ses filets dans d'autres eaux poissonneuses…

Il me faisait comprendre que l'esthétique conduit à la paix. Il paraissait si étranger aux fortifications dont il était responsable ! J'ai tendu le doigt vers la jetée, sur le port.

– C'est de là que sont partis en juillet 40, après ceux de l'île de Sein, les premiers résistants. Ils ont sauté dans le canot de sauvetage et gagné Londres.

Mon geste lui fit penser à celui de l'épouse de Friedrich, peint dans les *Falaises de craie sur l'île de Rügen* lors de leur voyage de noces. Penchée sur le précipice, Caroline désigne le vide – la mort menaçante, le bonheur éphémère.

Les flots, à la verticale de nous, ne tourbillonnaient pas plus que les mots de l'« ennemi » sous mon crâne. Il y avait une barque échouée sur la plage de la Guisseyère, au loin. Hermann pensa à la *Mer de glace* : un navire enserré et fracassé par la banquise, tableau souvent confondu avec un autre, disparu, nommé *L'Espoir échoué*.

– Nous aussi, Hermann, nous sommes pris en tenaille, et notre espoir va échouer.

– Vois-tu, Glaoda, la nature devrait se mettre à genoux devant certains artistes !

Caspar David Friedrich allait devenir pour moi LE peintre. Soudain il y eut des détonations. Hermann lâcha mon épaule, chaussa ses jumelles.

– Partons.

Nous avons quitté la *Crucifix au bord de la Baltique*, repris les chevaux, remonté la côte de Portsall et tourné à droite vers Porspoder. Dans le vallon de Trémazan,

Hermann a ralenti devant un château en ruine, couvert de lierre, que longeait la route. En bordure de plage, il y avait un mur antichars et derrière le mur, un blockhaus qui pointait, à travers sa bouche d'ombre, un canon vers le large. Hermann sauta de cheval, me tendit les rênes et donna des ordres à un subalterne, lequel me regardait en douce à l'entrée du bunker.

J'avais tremblé en partant, je ne tremblais plus, comme si c'était mon destin d'être là. Il y allait d'une féerie liée à l'amour, à l'imprudence, au risque. J'avais l'impression de vivre comme je le devais et j'en ressentais un bien-être. Nous avons continué notre route. Hermann eut un air irrité.

– Ce blockhaus isolé au creux d'un vallon, quelle dérision !... Mais Hitler et Pétain sont encore plus dérisoires... Des hommes ineptes et vils, secs et triviaux, juste bons à être la béquille des foules... Ah, ne prononçons pas leurs noms, tiens ! Ils ne valent pas notre mépris... Ils méritent seulement que l'on se tienne à l'écart de ce qu'ils signifient : la plèbe...

Il a frissonné, comme s'ébroue un chien qui se débarrasse de ses puces. Sur la hauteur, il y avait des villas aux volets clos. Nous avons longé la Côte des Légendes. Des nuages erraient dans le ciel, mais la vue portait loin. Le silence était troublé par le cri des mouettes, le mugissement des vagues, scandé par le bruit des sabots de nos chevaux qui écrasaient la bruyère courte, la petite fleur de sang toujours cabrée contre le vent d'ouest et obstinément tendue vers le ciel. Nous sommes arrivés à l'endroit où, dominant la mer, il y a les ruines d'une abbaye. L'air sentait le goémon. Le vent soufflait et les vagues hululaient.

– Je jouais à cache-cache ici avec mon frère.

Hermann a rapproché son cheval du mien, s'est penché, posant la main sur ma cuisse.

– Un paysage d'avant l'Histoire !... Fabuleux, au sens fort...

Il voyait moins les falaises de granit surplombant la mer d'Iroise que les *Kreidefelsen* dominant la Baltique. Il était au cap d'Arkona, la pointe la plus au nord de l'Allemagne. Et il était dans les ruines, couvertes de lichen, de l'abbaye d'Eldena où il avait couru enfant. Je désignai un grand bloc de granit déchiqueté qui s'avance dans la mer, face à Molène et Ouessant.

– On l'escaladait, mon frère et moi. Tout en haut, l'érosion a creusé une cuvette. On l'appelait : « notre fauteuil ». On laissait nos vélos sur la dune. On grimpait comme des singes, au risque de basculer dans le vide. Les embruns arrivaient là-haut, nous éclaboussaient ! Mais assis sur ce trône de granit, nous étions les rois du cosmos.

– Et au sommet des falaises de craie à Rügen, il y a le *Königstuhl :* la « Chaise du roi »... Il culmine à cent mètres au-dessus de la Baltique !...

Je me pris à citer Chateaubriand : « Suspendu dans le présent, entre le passé et l'avenir, comme sur un rocher entre deux gouffres ; derrière lui, devant lui, tout est ténèbres. »

– Un jour, j'aurai une fille, et elle s'appellera Lucile.

– Sera-t-elle de moi ?

Je me mordis les lèvres. J'aurais voulu non grimper et m'asseoir sur la « Chaise du roi » avec Hermann, couler dans ses bras, là, sur l'herbe moussue. Couler. Me liquéfier. Mais nous sommes restés droits, chacun sur son cheval, lui, tenant les rênes du mien.

Le grondement de la mer déversait en nous son mystère. Dans les anfractuosités des rochers il y avait des mouettes, elles s'élançaient et passaient en vol coulé, indifférentes aux casemates. Certaines volaient contre le vent. Blanches dans le ciel plombé, elles paraissaient phosphorescentes. Hermann s'est rappelé les nids de sternes dans les trous des falaises de Rügen.

J'ai désigné avec crainte un blockhaus.

– Il y a des artistes, tu sais, même dans les blockhaus !… Certains peignent des fenêtres avec des rideaux et des bouquets de fleurs, beaucoup peignent des femmes nues… Il y a des abrutis aussi !... En particulier, chez Vlassov...

– Un blockhaus, ça ressemble plutôt à une tombe.

– Au *Tombeau d'Ulrich von Hutten*, c'est vrai…

– Qui est-ce ?

– Une figure de la résistance au pouvoir des princes, un chevalier-poète, partisan de Luther, qui fut persécuté… En fait, les blockhaus rappellent plutôt la toile nommée *Tombes de héros antiques*… Sur un sarcophage brisé, on lit : « Aux jeunes gens tombés en héros pour sauver la patrie »… Et sur une pierre tombale renversée, peinte dans les tons sépia, comme aspirée par l'abîme en arrière-plan, Friedrich a inscrit en majuscule : ARMINIUS… Ma tombe, qui sait…

– Hermann ! Ne me glace pas le sang…

– Le sépia est une couleur chaude…

– C'est la couleur du passé.

– Ou de l'au-delà...

Nous étions à la pointe de l'éperon rocheux comme à la proue d'un voilier près d'appareiller pour l'au-delà. Où qu'il portât le regard, Hermann retrouvait sur la côte finistérienne l'éventail de sa perception et de sa culture.

Images de métamorphoses. Images subtiles de la relation mouvante entre le ciel et la terre, la cime et l'abîme. Il y avait des épaves, au bois pourri : images de la navigation de la vie, du bonheur interrompu, du basculement dans l'autre monde. Le paysage aux teintes assourdies anticipait le malheur. Mais le panthéiste respirait à pleins poumons, s'incorporait une beauté redoutable et mortifère.

– Dieu plane au-dessus du chaos, dit Hermann penché sur l'écume et suivant des yeux un goéland qui volait à contre-vent… Souris-moi, Glaoda.

La mer pleurait pour nous, alors nous pouvions sourire.

Nous sommes rentrés à travers champs. Les ornières pleines d'eau et caillouteuses faisaient sonner les fers des sabots de nos chevaux. Leurs naseaux exhalaient de la buée. Hermann dit que le gris plombé, le vert turquoise et le jaune tirant sur le lilas à l'horizon lui rappelaient les champs dénudés de Rügen au crépuscule.

– Il manque juste les chevreuils.

Nous étions les maquisards de l'amour.

Des années plus tard, quand je vis dans les musées les tableaux de Caspar David Friedrich, je ne pus les regarder sans larmes. Face au Voyageur au-dessus de la mer de nuages, *je tombai en arrêt : cet homme, je l'avais connu. Je reconnaissais l'aristocrate solitaire vêtu de noir que le peintre a placé en haut d'un promontoire et qui domine du regard l'étendue nuageuse de la plaine. Je reconnaissais l'officier qui m'avait dit : « Quand on marche sur la crête, c'est difficile de ne pas basculer. » Pareillement,* Le Moine devant la mer *c'était Hermann scrutant la mer d'Iroise et la grève rocheuse, ancré dans l'Histoire – et transcendant l'Histoire dans son âpre solitude.*

Et que le voyageur fût vêtu d'un habit, le moine d'une bure, Hermann de l'uniforme de l'Organisation Todt, ne changeait rien à l'affaire : c'était la même silhouette. Hermann n'avait pas lu Pascal, mais c'est à une inspiration pascalienne qu'il était sensible chez Caspar David Friedrich : l'homme héroïco-païen, le janséniste conscient de la responsabilité de l'individu.

C'est avec émotion que je lirais les mots de l'épouse du peintre : « Quand il peint le ciel, il est interdit de lui adresser la parole. » Et je comprendrais, en me passionnant pour son œuvre, puis en lisant les livres de D.H. Lawrence, que Hermann partageait avec eux une vision cosmique et un sens métaphysique de la chair.

De retour à la maison, il me sembla que nul, hormis Robert, n'avait remarqué notre fugue. Je mangeai seule un reste de légumes ; puis, de crainte d'en oublier les détails, montai relater minutieusement dans un cahier notre promenade insensée, – or la plus sensée que j'aie jamais faite.

Le soir, mon père se retira tôt dans sa chambre afin d'économiser le bois dans la cheminée. Je me couchai tôt aussi, fatiguée de remuer des idées et des sentiments contrastés, fatiguée de la lutte intérieure que je menais. Tout ça, c'était trop pour mes vingt ans, pour mon jeune cœur.

Quand il rentra de Brest au milieu de la nuit, Hermann frappa à ma porte. Il s'assit au bord de mon lit, caressa ma joue et prit ma main. Je dis que je l'avais accompagné sur la dune pour me prouver que je savais résister à la guerre, pour presser la nuit et qu'elle rende sa goutte de lumière. Mais je dis que j'étais lasse de cette guerre supérieure que nous menions en secret à la guerre ordinaire, et que j'avais peur. Je dis que cette sphère plus haute que le quotidien, où je me tenais à son côté, finirait par être lancée contre nous et qu'elle nous terrasserait. J'eus un pauvre sourire pour dire :

– Hermann, vous faites les « repérages » d'un monde que personne ne peut reconnaître, qu'il n'est pas temps de reconnaître !

– Le temps viendra… Ne doute pas de l'amour…

– Nous paierons cher cette promenade... Tant pis… Tu es le *Voyageur* de Friedrich… Et ce que je vois, c'est ce que tu vois…

Il pressa mon front, longuement. Il m'embrassa, longuement. Et se releva.

– Ma douce, nul ne sait où mènent ses actes… Mais nous sommes en avance, dis-toi cela… Et dors bien… Ce fut un moment sans prix...

J'entendis dans sa chambre couler l'eau et me dis que l'homme, nu devant le lavabo, la trouvait froide. Je ne m'endormais pas. Je me levai, allai à la fenêtre. La faucille de la lune était rayée de nuages et sa lueur mordait par intermittence les ombres déchiquetées dans le jardin humide. J'avais l'impression que quelque chose pleurait sans bruit dans la nuit. J'entendais voler d'arbre en arbre et froisser l'air mouillé un oiseau que je ne distinguais pas. Sur la pointe des pieds, je sortis de ma chambre, allai retrouver Hermann dans la sienne.

Il se coucha sur moi. Il coula en moi. Notre râle épousait le souffle du vent dans les arbres nus.

Puis il évoqua à voix très basse une légende où il était question d'un chevalier et d'une fée qui évoluaient entre deux mondes et il me dit dans un murmure que cet *entre-deux-mondes* était le seul paradis possible.

– « J'ai rêvé d'un enfant de roi aux joues pâles et humides. Nous étions assis sous les tilleuls verts, et nous nous tenions amoureusement enlacés. »

Je le pressais contre moi, suivais du doigt l'ourlet de son oreille (un joli coquillage chaud), peignais de la main ses cheveux souples. Je léchai une égratignure sur sa nuque. Je songeais : comme il fait bon avoir de bons sentiments !

– Écoute Heine encore : « Pourquoi la terre est-elle grise et morne comme une tombe ?... Pourquoi s'exhale-t-il du baume des jardins une odeur funéraire ?... Le sapin isolé se dresse sur la montagne aride du Nord… Il rêve d'un palmier. »… Tu es mon oasis, Glaoda… J'ai chaud dans ton ventre… Où dehors trouver cette tiédeur ?…

Je sentais physiquement une vérité supérieure monter de mes reins noués à ceux de Hermann. Sa tête glissa sur mon sein.

– Plus que le voyageur, tu es le veilleur… Et ce sur quoi tu veilles, moi aussi je veillerai…

Je n'osais plus bouger. J'ai entendu qu'il chuchotait :

– Mon doux cœur, je n'en peux plus.

Le velouté de son souffle sur mon visage, je sombrai à mon tour dans le sommeil.

X

Le 1er janvier 1944 fut paisible chez nous : ma grand-mère et ma tante avaient dormi à la maison, elles avaient confectionné un gâteau. Mon père s'était procuré un vrai café. On s'était dit tous les quatre : « Bonne année », en buvant une coupe d'un champagne déniché dans la cave.

Hermann, lui, avait passé quasi toute la nuit à la Kommandantur et demeura invisible le jour. Il était mal à l'aise là-bas parce qu'il ne voulait pas s'occuper des questions de police : la Todt traitait avec la Wehrmacht, pas avec la Gestapo ; avec l'armée, pas avec la police. La Gestapo c'était les basses œuvres, un outil vulgaire tenu par des gens serviles. Aussi l'officier du génie était-il mal vu des Gestapistes dont il fuyait la compagnie et qui lui reprochaient, en retour, d'être hautain avec ses « amis », conciliant avec ses « ennemis » ; – la sévérité de Hermann envers soi accablait ceux qui n'étaient sévères qu'avec les autres. Bien que cela lui répugnât, il avait dû sabler le champagne avec ses compatriotes.

À la Kommandantur, on croyait encore à la victoire allemande.

Or, la bataille de Smolensk, les victoires alliées en Tunisie, le franchissement du détroit de Messine par Montgomery, le débarquement en Sicile qui avaient succédé à la chute de Stalingrad et de Koursk, plus le développement à l'automne 43 du maquis sur le territoire français et le renforcement de la Résistance, tout cela avait convaincu Hermann du contraire.

Le fond nocturne de sa nature reprenait le dessus. Il souhaitait quitter l'uniforme, retourner dans son pays (m'y emmener), reprendre ses pinceaux.

– Nous sommes enveloppés de beauté… Cela ne suffit pas, il nous faut sécréter la laideur !...

Mais y avait-il une vie civile, une vie libre dans son pays ? Il connaissait des officiers de la Wehrmacht qui avaient préféré « émigrer » en France plutôt que de vivre dans une Allemagne nazie. Il guettait les avancées de la résistance allemande.

Il aimait dans le jardin se baisser et arracher les mauvaises herbes. Il disait qu'il n'y avait pas d'occupation plus saine et qu'on oublie là ce qui nous a frappé, debout, en pleine poitrine.

– On se concentre, au ras du sol, sur le tout petit... C'est moins le jardin que l'on nettoie, que le jardin qui nous nettoie.

❧

Un dimanche, comme je m'occupais du compost, près de la serre, il me rejoignit, me prit la pelle des mains.

– J'aime remuer la terre... La profondeur a à voir avec la décomposition…

La lumière du ciel était gris perle ce jour-là, ténue, avec ici et là un dégradé de mercure et d'argent.

– Cela dit, on ne retrouve dans les choses que ce qu'on y a mis soi-même… Il faut tendre vers Goethe, toujours vers Goethe !

J'allai chercher je ne sais quoi dans le fouillis de la serre. Hermann s'assit sur le banc (une barre de granit), près de la bordure de buis, sortit de sa poche son carnet de croquis. Il ne dessinait pas.

– Eh bien, qu'attendez-vous, jeune homme ?

– Dieu…

– Je croyais que vous L'aviez trouvé !

– Partout où Dieu est pensé, Dieu est, disent les mystiques… Mais ils te diront aussi qu'il faut chercher ce qu'on a trouvé… Et qu'on ne trouve que pour chercher encore…

Une corneille noire au bec jaune, perchée sur la branche verte d'un eucalyptus, opinait du bec.

– Je te cherche, Glaoda…

Il disait que les masses ne comprennent pas cela, que les masses ne voient, ne comprennent rien.

– Peut-être n'y a-t-il rien à comprendre, et alors les masses ont raison ?

– Ce serait terrible si les masses avaient raison… Que dis-je ?... Les masses ont toujours raison… La raison du plus fort, mon agneau, c'est la raison du collectif…

– Mais si les masses ne pensent pas, penser c'est penser contre les masses ?

– Ou à leur place, Glaoda… C'est pareil…

– Et ça donne quoi ?

– Ça donne l'instinct des masses contre la pensée de l'individu… Ça donne aussi : Dieu existe parce que je Le cherche en vain...

– Drôle de raccourci !... Madame la pie, êtes-vous d'accord ?... Hum, hum… Elle n'a pas l'air…

– Penser, c'est chercher... Tu existes parce que t'ayant trouvée, je te cherche en vain…

– Eh bien, moi, quand je cherche les pinces à linge, je les trouve et je m'en sers !

J'éclatai de rire et lui mis la corbeille de pinces dans les mains. J'étendais les draps, toute au plaisir de sa voix. J'avais envie de fermer les yeux. Je me disais : quel moment merveilleux ! Hermann continuait sur sa lancée et moi, je bénissais le ciel.

– Pourtant… Celui qui a cherché Dieu une fois, une seule fois, finit par Le trouver jusque dans un grain de sable…

– Eh ! vive donc le bord de la mer !... Et vive les rouages, car il y a toujours un grain de sable dedans !

– Pas dans ceux de l'horloge astronomique de Saint-Nicolai, à Stralsund… Elle, c'est le temps qui l'a usée… Un comble, non ?... C'est la plus ancienne du genre, près de deux mètres de diamètre… Elle est unique… Une merveille… Nous irons la voir… En fait, j'avais deux raisons de te trouver, Glaoda, dans les sables de la mer et dans les rouages de la guerre…

– Une pince à linge, s'il vous plaît, cher Poméranien !

– Il faut sentir en soi la divinité pour qu'elle éclose… Tu as éclos en moi, petite fleur…

Une chaude, chaude vague de tendresse m'inonda. Je plantai là le drap humide et lui sautai au cou.

– Hermann, tu n'es pas mon officier du génie, tu es mon officier de génie…

– Si ton père nous voyait !

Hermann raconta que l'église Saint-Nicolai avait servi de grange à foin pendant l'occupation française. Il disait la bêtise des hommes et la solitude comme légitime défense contre cette bêtise. Il rêvait d'ordre, mais d'un ordre supérieur. Je chérissais la compagnie d'un misanthrope bienveillant et faisais chair en moi de sa mélancolie hautaine.

– Je suis entré à l'église de Gwitalmézé...

– Oh ! Et on vous a vu ?... Tu as prié ?

– Si on entend par prier le fait de penser en paix, oui... J'ai demandé à être délivré...

– ... du mal !

– Non... de la conscience... Assieds-toi là, je veux te peindre dans la serre, parmi tes caisses de semis...

Il disait aimer les églises romanes, trapues, solidement plantées dans la terre, et qui ont quelque chose d'enfantin et de rassurant, mais préférer les églises gothiques et leur élancement risqué, quoique très étudié. Il m'apprenait que l'église Saint-Nicolai avait été construite sur le modèle des cathédrales françaises.

– Il y a là-bas une sculpture étonnante... Elle représente le Crucifié reposant sur les genoux de Dieu le Père...

– C'est généralement la mère de Jésus qui a ce privilège.

– La sculpture se trouve sous l'autel des tailleurs... Des autels, il y en a cinquante-six !... des épiciers, des négociants, des maroquiniers, etc...

– Ils rachetaient leur goût de l'argent et du commerce ?

Un jour, il me montrerait à Lübeck, en haut d'un retable, une sculpture non moins originale : une Madeleine touchante et maniérée, à genoux au pied de la Croix. Coiffée d'une lourde tiare, vêtue d'une longue robe en brocart doré, le buste penché, elle se tord les mains de chagrin et implore avec insistance son pardon.

Je lâchai les pinces à linge, pris en riant la pose de la pécheresse.

– Je suis vêtue d'un manteau usé, coiffée d'un vieux chapeau et, mains jointes, j'implore avec insistance mon pardon pour aimer un officier allemand.

Hermann lâcha son crayon, me releva, me couvrit de baisers.

– « Aimez vos ennemis. »

❧

Le soir je lus : « *Comme les disciples s'étaient rassemblés autour de Jésus, sur la montagne, il leur disait : Vous avez appris qu'il a été dit : Tu aimeras ton prochain et tu haïras ton ennemi. Eh bien ! moi, je vous dis : Aimez vos ennemis […] Si vous réservez vos saluts à vos frères, que faites-vous d'extraordinaire ?* »

❧

– À quoi reconnaît-on un aristocrate ? ai-je demandé un jour à Hermann.

Il a répondu sans hésiter : à la sévérité de ses exigences envers soi. Il a ajouté qu'un aristocrate est un homme qui voit Dieu en toutes choses.

– Comment haïrais-je les Français si je vois Dieu en eux ?... Comment ne serais-je pas sensible à la douceur de la Française qui m'héberge puisque je vois Dieu en elle ?

– Vous me faites peur, Hermann. Vous êtes impressionnant, ensemble monumental et fragile. Vous êtes à Gwitalmézé, quand vous pourriez être dans les arcanes du pouvoir, à Berlin !

Il haussa les épaules.

– Le monde hélas veut qu'on soit « comme tout le monde »… Le monde ne supporte pas les gens sévères avec eux-mêmes… La plèbe servile se sent trahie par l'aristocratie des solitaires…

Il évoqua son arrivée à Brest.

– Il était impossible de parler d'autre chose que des garages de sous-marins… Il y a eu des soirs où marchant rue de Siam ou rue Jean Jaurès, j'aurais voulu parler au premier venu, de n'importe quoi, du climat de Brest qui me rappelait celui de la Baltique, des mouettes grises qui faisaient fi des bombardiers, de la vaillance et de la tristesse ensemble que je notais dans les comportements, et entendre le premier venu me parler à son tour de n'importe quoi, pourvu qu'il ne s'agît pas de guerre…

Je l'aimais.

Parce que je discernais en lui une intelligence du cœur non moins que spéculative, une connaissance à la fois intuitive et réfléchie. Parce que grâce à lui, non seulement j'apprenais, surtout je pensais des choses nouvelles chaque jour. Il me donnait envie de m'instruire.

– C'est pour douter qu'il faut s'instruire !… Il n'y a rien de plus raisonnable que le doute… N'oublie jamais cela…

Hermann remontait, descendait le temps, mettait les choses en perspective. Il n'éludait rien. Une fois, il critiquait le communisme en réclamant, à l'instar de Romain Rolland, une « Internationale de l'esprit ». Une autre fois, il évoquait Schiller qui voulait réunifier sous le drapeau de l'esprit ce que la politique divisait. D'autres fois encore, au salon il interrompait une étude de Chopin pour raconter comment le bleu de Prusse, ce bleu marine un peu vert qui lui plaisait, avait été découvert par accident en 1704. Et il revenait toujours à Caspar David Friedrich qui avait représenté, beaucoup plus que la nature, l'humain et l'évolution de l'être humain en peignant les âges de la vie dans des tableaux symétriques qui tenaient de l'icône... Il le citait : « Je suis un et double à la fois. »

– Mais où trouver une synthèse qui préserve les contraires ?

– Dans la distance, un peu de distance...

Je me tiendrais à distance de cet « ennemi »?... Non... La froideur, ça n'allait pas à mon cœur...

Hermann évoquait la relation épistolaire de Goethe avec Friedrich. Il éveillait mon intérêt pour Novalis, Jacob Böhme, Kleist que le peintre avait connus à Dresde. D'eux tous, il parlait comme de contemporains, tandis que le Führer datait de Mathusalem. J'étais étourdie par son savoir exceptionnel et les contradictions en face desquelles il me mettait. Mais lui, posément, continuait d'exprimer des pensées qui avaient la force de l'évidence. Me frappait ce trait du tempérament prussien (ou germanique ?) : le besoin de spiritualiser, de considérer tout ce qui se présente comme un prétexte à une discussion d'idées – d'idées fondées sur le goût de l'infini.

– Comme vous aimez philosopher, Hermann !

Sans doute plaidait-il sa cause à travers l'expression des idées, je crois surtout qu'il quêtait de l'amour à travers la conversation. Il y avait en lui un mélange de terrible perspicacité et de douce sentimentalité. Quant à moi, c'est le genre humain que je me prenais à aimer, ayant trouvé cet homme à aimer, – un homme que je n'entendais rien dire qui ne fût l'expression d'une noble race.

❧

L'atmosphère en était parfois pesante. Pour y glisser un peu de futilité, je pris un jour sa casquette posée sur une commode et en coiffai l'officier, mais à l'envers. Il alla vers le miroir au-dessus de la cheminée :

– Cela me va à la perfection.

– En français, porter le chapeau veut dire : être responsable.

– C'est bien trouvé… L'artiste doit porter son chapeau de travers... Car il faut regarder de biais pour voir droit... Quand la guerre sera finie, tu te feras modiste, Glaoda... Tu apprendras aux autres à porter le chapeau de travers…

Depuis, je n'ai jamais vu les jeunes gens poser à l'envers leur casquette de toile sans revoir dans la glace Hermann en crucifié risible. J'aimais qu'il se montrât enjoué après avoir été grave, j'aimais qu'il tressât sur une fine lame la rigueur et la fantaisie, la blessure et la malice.

– Je vais te dire quelque chose, mon bel ange...

Il pressa les paumes sur ses tempes, comme pour extraire de sa tête des mots justes, qui ne trahissent pas la subtilité de sa pensée. Puis face au miroir et m'y fixant du regard, il croisa les bras sur ma poitrine.

– Hitler est laid. Goebbels est laid. Göring est laid. Himmler est laid. Même si nombre d'officiers nazis sont beaux, l'entourage du Führer est laid… Or, le Führer prône le culte de la beauté... Leni Riefenstahl illustre bellement ce souci, il faut le dire… Et rester froid dans l'espèce de Stonehenge de lumière installé à Nuremberg par Speer était impossible... Cela dit, s'il était cohérent avec sa pensée, Hitler devrait s'éliminer lui-même… Mais non seulement il est laid, il est inculte : il a appris et ne sait pas… Il ne veut pas savoir que la race aryenne n'est pas nordique, n'est pas exclusivement blonde aux yeux clairs : elle vient de l'Inde, et une branche est brune aux yeux noirs... Cet homme laid se trompe sur toute la ligne… Il n'empêche…

– Il n'empêche ?

Tout en fixant le miroir, c'est maintenant sur mes tempes qu'il pressait les paumes, pour que son regard et les mots qu'il allait dire s'inscrivent en moi :

– Écoute-moi bien, Glaoda… Un jour viendra où Hitler hantera l'imaginaire des peuples plus que Lénine et Staline…

– Pourquoi ?

– Parce que dans un monde laid, Hitler aura fait référence, fût-ce d'une manière vertigineusement insensée, à l'art, à la beauté… Les autres n'auront parlé que d'idéologie.

XI

Courant janvier et février, Hermann dut à plusieurs reprises se rendre à Fontainebleau où le QG de Rommel avait été installé le 18 décembre 1943. Il travaillait maintenant en collaboration avec le général Wilhelm Meise que Rommel avait retenu comme expert du génie.

Rommel, tout à la mission d'inspection du mur de l'Atlantique qui lui avait été confiée le 5 novembre et qu'il avait acceptée avec un peu de dépit en quittant l'Italie, faisait le va-et-vient entre la France et l'Allemagne, organisant ses tournées en vue de renforcer dans les meilleurs délais le système défensif. Dès le lendemain de son arrivée à Fontainebleau, il s'était rendu à Paris pour rencontrer von Rundstedt encore plus pessimiste que lui, mais qui ne le cachait plus ; d'où que le courant était mal passé entre le commandant en chef des forces de l'Ouest et le nouveau « commandant en chef du groupe d'armées B ». Responsable des troupes déployées face à la Grande-Bretagne, Rommel se donnait à fond à sa mission. Il sillonna le littoral début février (au grand dam de ses officiers, ne visita pas plus le

Mont Saint-Michel que la tour de Pise dont il avait dit qu'il serait bien temps de la visiter après la guerre, car elle pencherait encore), se montra en désaccord, au sujet de la profondeur dans les terres du système défensif côtier, avec plusieurs généraux, notamment Schweppenburg, commandant des panzers ; Dollmann, chef de la 7ème armée qui assurait la défense de la Bretagne et de la zone de Cherbourg ; von Salmuth, chef de la 15ème armée stationnée dans la zone critique du Pas-de-Calais.

En février 1944, ils savaient tous qu'un débarquement anglo-américain était imminent. Les généraux pensaient qu'il aurait lieu dans le pas de Calais, au plus près des côtes anglaises. Telle n'était pas l'opinion de Hitler convaincu qu'il aurait lieu en Normandie et que les Alliés sauraient tirer la leçon de leur débarquement désastreux à Dieppe en août 1942.

Cela devenait une course de vitesse, car en novembre 1943, à la conférence de Téhéran où fut décidée l'opération Overlord *du débarquement de juin 1944, Churchill, Roosevelt et Staline avaient commencé à imaginer le démembrement de l'Allemagne.*

Tandis que von Rundstedt prônait une défense mobile à l'arrière, Rommel, se rappelant comme les champs de mines avaient réussi aux Britanniques en Afrique du Nord, était obnubilé par les plages. Les pieux, les pieux ! les mines, les mines ! On les lui posera, ses mines ! disait Stülpnagel, commandant de la Wehrmacht à Paris, qui déjà gravitait autour de Stauffenberg et cherchait, avec Speidel et Strölin, le maire de Stuttgart, à étendre la conspiration contre le Führer en y associant le soldat le plus populaire en Allemagne, Rommel. – Cela en vue d'une négociation avec les Alliés.

Vers la mi-février, Hermann resta trois jours à Fontainebleau et à Paris. Lui absent, je vivais l'oreille aux aguets. Il revint. J'assistais Robert quand la « traction avant » pénétra dans la cour. Je lâchai aussitôt le chien anesthésié que Robert s'apprêtait à soigner.

– Enfin !

C'est une vague de joie qui me souleva. Il était là – lui. Je l'entraînai dans la cuisine, remplis deux verres.

– Il se prépare d'étranges choses, dit-il dans un profond soupir.

Il était perplexe. Rommel ne lui avait pas fait le salut nazi. On racontait même là-bas qu'un sous-officier avait, sans être puni, lancé à un supérieur : « Ne me parlez plus de ce salut de merde ! »

Hermann heureusement avait pu faire une halte à Paris afin de voir au cimetière de Montmartre, surmontée d'une stèle immaculée, la tombe de Henri Heine.

– Ce beau visage de marbre !

Il y avait beaucoup de divergences à l'état-major. Von Rundstedt était prussien, von Salmuth aussi, et ils regardaient d'un peu haut le souabe Rommel, alors que c'étaient bien là, selon Hermann, trois héritiers des chevaliers teutoniques.

– Ma présence en France n'a plus de sens que dans ta compagnie, Glaoda… et dans celle de ton père…

Il reprit néanmoins son rythme. Il évoluait entre la Pointe Saint-Mathieu et Saint-Pabu, inspectait les chantiers, accélérait le perfectionnement des stations radars, etc. Il riait de Rommel qui avait imaginé une astuce pour planter les « asperges » en trois minutes au lieu de trois quarts d'heure : on creusait le trou en enfonçant dans le sable le puissant jet d'eau d'une lance à incendie ! On s'activait plus que jamais sur toutes les plages bordant la Manche. Les chefs le faisaient sans illusion.

Chez nous, Hermann s'activait au jardin, à couper du bois. Je regardais sous la pluie fine l'homme solide empiler consciencieusement les bûches derrière la remise. Sa hache, c'est contre la guerre qu'il la lançait. La hache cognait, scandait nos pensées. Elle troublait seule le silence.

Et sous la cognée, le temps se fendait, et les lieux communs se fêlaient, et c'étaient les « idées reçues » que l'officier du génie entassait derrière la remise, et elles serviraient à faire du feu, – un feu tout neuf auprès duquel on penserait autrement.

❦

Un jour suivant, plutôt une nuit (elle était claire et froide, on était fin février), comme mon père et moi venions de dîner et de nous asseoir dans le salon, Hermann entra, tenant à bout de bras une bouteille de vin. Sans doute avait-il déjà bu un peu : il paraissait très remonté et joyeux.

– Eh bien, dit mon père, asseyez-vous.

Hermann revenait de Brest, mais était passé le matin à Porsguen, sur l'îlot fortifié de Carn. C'est un îlot accessible seulement à marée basse, et qui doit son nom de *cairn* à la chambre mortuaire préhistorique édifiée en son milieu. Hermann dit que cela lui avait rappelé le tumulus peint par Caspar David Friedrich dans *L'Arbre aux corbeaux*.

– Il n'y a pas de corbeaux ici, monsieur, mais des corneilles noires.

– Comme chez nous sans doute !... Le peintre n'était pas ornithologue...

Il demanda s'il pouvait ouvrir la bouteille. C'est son cœur qu'il demandait le droit d'ouvrir.

– Faites, dis-je.

Il leva son verre, moi le mien, et sur un ton sardonique :

– « Avec la mort je bus trinquant à l'amitié… À l'amitié ! dit-elle, car je suis l'amie. »

J'eus froid dans le dos. Mon père avait posé son verre sur un guéridon sans y porter les lèvres.

– Buvez, monsieur Ruzcoat !... À l'amitié ou à la mort, puisque, formés par le même paysage, nous partageons, m'a dit votre fille, le même sentiment de l'interpénétration de l'ici-bas et de l'au-delà…

– Bois un peu, papa ! Buvons à la démarche de monsieur Christhaller en ta faveur…

– Soit... Je bois à la santé de mon ennemi, mais de cet ennemi-là seulement.

Hermann recherchait cet état légèrement second où l'on ne peut plus se retenir de parler selon sa fantaisie.

– Je bois à la santé du pays que mon pays occupe !... Je bois à la santé de ses habitants !... Ils sont braves… Ils sont hardis... Ah, monsieur Ruzcoat, élevons-nous à une vue d'ensemble !…

Les deux hommes se lancèrent dans une discussion portant sur les relations bénéfiques ou nocives que leurs pays respectifs avaient entretenues dans le passé. Hermann était tourmenté par l'idée de patrie, et il en avait une conscience affinée. Il m'avait déjà dit, mais apprenait à mon père comment il aurait pu être suédois aussi bien qu'allemand, rappelant la guerre de Trente ans ainsi que le traité de Westphalie qui avait donné la Poméranie à la Suède en 1648. Il rappela l'invasion de son pays par les troupes napoléoniennes.

– Votre maréchal Brune a reçu la capitulation de Stralsund le 20 août 1807… Vous vous plaignez des barbares de la colonne Vlassov, mais les Grognards de votre maréchal d'empire ne valaient guère mieux !... Ils ont pillé, violé, affolé les villes prussiennes occupées !...

Il désigna un insigne sur son uniforme.

– En connaissez-vous l'origine ?... Vous croyez que c'est un emblème nazi ?... Pas du tout... La croix de fer est une très ancienne décoration allemande... Elle a été créée en 1813 pour récompenser la résistance à l'occupation napoléonienne !...

Hermann posa son verre sur le tapis. Assis au bord du fauteuil, les coudes appuyés sur les genoux et les mains battant l'air, il disait l'union douanière qui avait fait de la Poméranie un membre de l'Empire allemand en 1870. Ensuite de quoi, mon père approuvait ou contredisait, évoquant l'histoire de la France.

– Vous nous avez pris l'Alsace et la Lorraine !

– Soit... Mais à qui étaient-elles, monsieur Ruzcoat ?... La Lorraine, comme la Poméranie, a toujours été une région litigieuse... Ah, la Lotharingie !... Issue du démembrement de l'empire de Charlemagne entre ses fils !... Rattachée à la Germanie en 870 !... Devenue partie du Saint-Empire romain germanique !... Annexée par votre Roi Soleil en 1681 !... Lequel a dû rendre ses « Réunions » aux anciens suzerains en 1689 !... À nouveau française en 1766 !... Revenue au Reichsland en 1871 !... Quand on se retourne des siècles plus tard sur le passé, c'est à n'y rien comprendre...

Mon regard allait d'un homme à l'autre. S'ils étaient tous comme ça ! Hermann parlait avec animation. Il rapprochait l'Alsace-Lorraine de la Courlande au nom qui sonne français.

– Des hochets entre les pays voisins !

Il évoquait les Pays baltes abrutis par les alliances et contre-alliances, écartelés entre l'Allemagne et la Russie, aux intérêts desquelles se conjuguaient les intérêts anglais.

– Comme Hitler, et bien avant le petit caporal corse, votre Louis XIV a voulu phagocyter l'Europe !... Quant à votre deuxième empereur, il a rêvé de reconstituer la « grande armée » du premier...

Un autre verre, et hop ! un saut dans le XXe siècle… Hermann disait la fin de la Première Guerre qui avait fait de la Poméranie une République en 1918. Il disait la fusion des deux duchés du Mecklembourg sous le régime nazi en 1934.

– Les frontières n'en sont pas… Il n'y a pas de frontières en Europe, sauf au pays de Churchill, monsieur Ruzcoat... Il y a un rêve de frontière… Un rêve inavouable souvent… Tout est si ambigu…

Encore un verre ! et retour dans le passé... Greifswald qui avait constitué un pont entre la Suède et l'Allemagne. Son université, la plus ancienne d'Europe du Nord après celle de Rostock, bâtie en 1456, bien avant la réforme luthérienne.

– On y trouve les livres de Gutenberg !

Et on en venait à la Hanse. Je me noyais un peu dans les dates, pour autant ne perdais pas une miette des paroles de Hermann.

– Les commerçants de la Hanse étaient ouverts sur la mer, sur le monde, intrépides, pleins d'initiative… Vous aimez ces tempéraments !… Certes ils avaient le goût de l'argent, que vous avez moins… Mais ils avaient le goût de la beauté aussi… Leur commerce nous a civilisés…

Mon père oubliait de remettre des bûches dans la cheminée. N'empêche, Hermann s'échauffait.

– Comment ne comprendrais-je pas votre position ?... Si souvent nous avons eu le sentiment que les Anglais, les Français, les Russes voulaient nous rayer de la carte !... Nous sommes les mal-aimés de l'Europe... Le peuple allemand est l'héritier de Hamlet... Blessés par l'Histoire, nous sommes sceptiques, beaucoup plus que vous ne le croyez... Votre Führer, j'insiste, votre Führer a fait subir à la Prusse une telle humiliation en 1806 !... Vous dites l'occupation, monsieur... Mais songez que la paix de Tilsit en 1807 nous a obligés, vaincus, à collaborer avec l'occupant !... L'université Arndt, qui avait lutté contre le servage auparavant, a dû combattre ensuite l'occupation française... Vous dites le STO, mais songez que votre Führer a contraint la Prusse à mettre vingt mille soldats à sa disposition pour la meurtrière campagne de Russie !...

Il s'était levé, arpentait le salon. Le parquet craquait sous les bottes.

– Goethe a bien dit l'idéal qu'a représenté la Révolution française pour les Allemands... Il l'a écrit en 1798 !... Votre despote a tout brisé... Il a anéanti la Prusse, vous comprenez ? anéanti... Alors huit ans plus tard, Goethe ne pensait pas la même chose !... Il ne voyait plus dans l'armée de Napoléon qu'une puissance occupante... Et Hegel, hein ?... Qu'écrit-il après la bataille d'Iéna ? « J'ai vu l'empereur – cette âme du monde – sortir de la ville pour aller en reconnaissance »... C'est pareillement qu'en 1940 Hitler est venu en reconnaissance à Paris !... Votre « âme du monde » en a inspiré une autre !...

Hermann saisit la bouteille, elle était vide. Il alla vers le piano, balaya des doigts le clavier.

– Oh, votre petit despote !... Vous vous gargarisez de son Code civil !... Mais il s'est engraissé des territoires conquis, des cadavres qui ont pourri ici et là !... Si le visage du nôtre est cireux et gras, celui du vôtre devenait blanchâtre et dodu au fur et à mesure que celui de ses Grognards devenait sombre et osseux…

Il parla de la mise en route en 1812 de la grande armée multinationale, de la traversée du Niémen, de la bataille de la Bérézina et du retour en 1813 de l'armée battue et bafouée.

–Votre Führer allait, continuait d'aller… Ses soldats mouraient, continuaient de mourir… Et les nôtres aussi, dans la foulée… Cela dit, Hitler a perdu en Russie plus de soldats que Napoléon… Quant à Staline !… Le plus meurtrier de tous !… Ah, cher monsieur Ruzcoat, que peuvent les peuples contre la volonté hégémonique de leurs chefs, sinon mourir pour elle ?… Après la chute de votre dictateur, tenez, au Congrès de Vienne en 1815, la plus grande partie du royaume de Saxe a été cédée à la Prusse par son roi...

J'émis l'idée que peut-être ce monarque et notre maréchal…

– Sauf que Hitler n'est pas devenu et ne deviendra pas duc de France ! fit Hermann en éclatant de rire.

Il alla à la cuisine, revint avec une autre bouteille.

– Le pays de mes ancêtres, la Poméranie suédoise, a été donné à la Prusse… Oh, à quoi bon remuer tout ça ?…

Appuyé à la bibliothèque, il fit un geste fatigué de la main. Je songeai que dans une heure cette main naviguerait sur mon ventre. M'allait droit au cœur la manière charmante qu'avait Hermann, tout en lançant le poignet, de pencher la tête sur le côté comme s'il allait ainsi mettre de côté la vie complexe et grossière.

– Hitler rêve de l'Europe… Une Europe sous contrôle allemand, bien entendu… Je bois à une autre Europe !… Mais laquelle ?… Qu'est-ce donc que ma patrie ?… Suis-je prussien ?... Suis-je allemand ?... Et qu'est-ce qu'être allemand ?... Je ne suis pas nazi... Sans doute suis-je d'abord un Ruge... Je cherche à tâtons une identité...

– Nous cherchons tous à tâtons notre visage dans une identité officielle, monsieur Christhaller, et cette quête fait la noblesse de l'homme...

Hermann se dirigea vers le *bow-window*, souleva le rideau. Le ciel était d'ardoise, rayé de vert turquoise. Des nuages, par intermittence, laissaient percer la lune comme un œil entre des paupières lasses.

– La lune désespère de poser sur nous son grand œil clair...

Il soupira, caressa le rideau, chercha mon regard, me caressa des yeux. Tout à l'heure, me disais-je, nous aurons l'impression de mourir, et ce sera pour revivre autrement.

– La seule chose dont je sois sûr, monsieur Ruzcoat, c'est que demain nous devrons fraterniser... Je suis las de cette occupation... Elle me navre...

Un rictus passa sur le visage de mon père.

– La Gestapo est une police ordinaire, monsieur Ruzcoat, mais la Wehrmacht est une armée... ni plus ni moins d'honneur que toutes les armées...

Une lueur passa dans les yeux clairs de l'officier qui s'était rassis.

– Six ans après la chute de Napoléon, en 1821, Chateaubriand, votre ambassadeur, a séjourné à la cour de Prusse... Qui sait si je ne reviendrai dans six ans séjourner en France ?... Dans ce Finistère-nord... dont je suis devenu amoureux ?...

Le Cimmérien but une gorgée.

– La vérité est comme l'horizon : plus on s'en approche, plus elle recule... Pour l'instant, tout est ténèbres...

– Il serait donc temps d'aller se coucher, dit mon père.

– Savez-vous, monsieur, de qui je tiens mon nom ?... D'Arminius, le prince germanique qui s'est retourné contre les Romains alors qu'il avait été élevé à Rome... Il a vaincu l'invincible légion... Un grand stratège... Et un unificateur... Il a voulu apaiser les conflits entre les rois germains...

– Tacite écrit qu'il a été frappé par le goût de la guerre chez les Germains et leur besoin de marcher derrière un chef !

– C'est vrai... Il écrit aussi que le chef combat pour la victoire, et les compagnons pour le chef... Et il dit la honte du guerrier germain de survivre à son chef... N'empêche, Arminius est mort assassiné par ses frères... Auparavant sa femme enceinte lui avait été enlevée et livrée aux Romains par son père !... son père à elle !... Et leur fils, élevé comme gladiateur, est mort dans l'arène... Pauvre fraternité !... Elle a l'épaisseur du papier à cigarettes...

Il leva les mains, les laissa retomber sur les accoudoirs du fauteuil. En baissant le ton :

– Dois-je quitter la Todt ?... À quoi cela vous servirait-il ?... Ne vaut-il pas mieux que des hommes comme vous et moi fassent ce que dans l'immédiat chacun a à faire, en sachant que l'autre sait ce que lui-même fait ?... Cela dans un respect maximal (ou minimal) de la tâche de l'autre ?... Le tournant de la guerre a eu lieu l'année dernière... Je le sais, et vous le savez... Mais puis-je demander à mes hommes de vous respecter si nombre d'entre vous cherchent à saboter nos installations et à nous tuer ?... Si « en haut lieu » on campe sur ses positions et l'on refuse de négocier ?...

– Les sociétés, dit mon père, ont une grande aptitude à s'autoréguler, sinon il n'y aurait plus de sociétés depuis longtemps !

– Elles avancent en crabe, hélas ! basculant d'un extrême dans l'autre… Or, il est bon de négocier, comme le faisaient les négociants de la Hanse… L'Allemagne, du fait de sa situation géographique, est condamnée à la négociation !…

Hermann devint songeur.

– J'essaie de faire mon devoir avec modération… C'est pourquoi je suis ici, non à Berlin, à Fontainebleau, et plus à Brest… Je ne suis pas un extrémiste comme Ernst von Salomon dont j'aime, par ailleurs, la fierté et la foi dans l'entreprise solitaire…

– Qui est-ce ? demandai-je.

– Un hobereau prussien, un militaire, un terroriste de deuxième classe ivre de lui-même et de sacrifice, un nihiliste exalté, un esprit cinglant, un joueur cynique et sans cœur, un inconséquent…

– Oh !

– Nous avons le même âge… Mais lui, est de la race des despotes, non moins que le Führer… Ils se prennent pour des seigneurs !… Disons que von Salomon est un « chevalier Porte-Glaive » obsédé par l'idée du sang à verser pour purifier et guérir le corps social…

– Une sorte de Fagon ? dit mon père en plaisantant.

– Qui est-ce ? demanda Hermann.

– Le médecin de Louis XIV, obsédé par l'idée que la saignée purifie et guérit le corps physique.

La comparaison détendit l'atmosphère, et nous nous mîmes à rire tous les trois. Hermann tendit un verre à mon père et leva le sien.

– À la bonne conversation comme médecine de l'âme !

– À l'échange inspiré !

– Au dialogue bien tempéré !

Le cœur allégé par l'échange et le vin, Hermann arpentait le salon de long en large.

– Des hommes tel von Salomon, il en faut, mais un sur mille…

– De chacun de nous il faut un seul sur les milliards que compte la terre ! lançai-je.

Je ne quittais pas des yeux l'« ennemi ». Intérieurement je me disais : si un « ami » voulait lui faire du mal, je m'interposerais !

– Pauvres gens qui ignorent la pitié !... Cela dit, Ernst von Salomon montre à l'homme de quelle hardiesse l'homme est capable... Cet homme intraitable aide l'homme moyen à s'exhausser…

– Et vous, jeune homme ?

– Moi, monsieur Ruzcoat, je dois, en essayant de préparer un autre temps, agir au mieux dans ce temps-ci… Pour être précis : dans le temps qu'il m'est donné de vivre… Car je me sens vieux parfois…

Hermann avait noté que le drapeau de la Bretagne ressemble à celui de la Prusse.

– Dans le nôtre, deux bandes noires, une bande blanche… Dans le vôtre, quatre bandes blanches et cinq noires…

Ce rapprochement le rendait heureux.

– *Heimat* signifie couramment la patrie, le terroir, le pays natal où il fait doux se nicher... En ce sens, j'aime ma patrie comme on aime les parents dont on découvre en grandissant qu'ils ne sont pas les absolus que l'on croyait… Mais en vérité, comme je l'ai dit à Glaoda, la patrie n'est pas la terre natale, laquelle est la matrie… La patrie est le pays de l'esprit… toujours à construire…

à durement construire… Même écartelés entre les deux, nous avons les deux plus qu'à défendre, à protéger…

– La matrie serait ensemble un nid et un tremplin pour la patrie ?

– C'est ça, Glaoda.

Le chien était couché sur le tapis. Hermann, maintenant accroupi, le caressait entre les oreilles.

– J'aime la nation allemande… Cela n'a rien à voir avec le nationalisme que nous a inspiré l'occupation française… et encore moins avec le national-socialisme…

Hermann dit que le *Landtag* de Prusse était resté longtemps socialiste, ce qui avait retardé l'arrivée des nazis au pouvoir. Il devint grave, évoqua Sophie Scholl décapitée plusieurs mois auparavant, suite à un complot contre Hitler. Je ne savais pas qui c'était. Hermann me jeta un regard furtif.

– Une Mélusine… Elle a transgressé l'interdit... Oh ! je vous fatigue peut-être...

Non ! pensais-je. Je remplis exprès les trois verres. On admira la couleur du vin. Hermann se sentait en confiance. Il allongea les jambes, parla de Dietrich Bonhoeffer, raconta comment il l'avait rencontré à Berlin en 1929 quand celui-là préparait sa thèse de théologie et comment lui aussi, alors qu'il était étudiant en architecture, s'était passionné pour la théologie et l'Histoire à l'Institut nordique.

– Comme moi, Bonhoeffer est fils de médecin et petit-fils de peintre... Mais sa famille était d'emblée pacifiste, tandis que la mienne appartenait à l'église luthérienne plutôt favorable, au départ, au régime hitlérien… Il a été arrêté il y a peu de temps…

Il citait d'autres noms de résistants allemands : l'amiral Canaris, le général Beck, et le Cercle de Kreisau, celui de

Fribourg... Il avait rencontré fortuitement le général Hans Oster, un officier de l'*Abwehr* qui avait dès 1937 manifesté de l'hostilité au régime nazi et envoyé des émissaires à Londres et à Paris.

Il se redressa.

– Permettez-moi de vous dire que la politique d'*apeasement* de Chamberlain a découragé Oster dans son projet d'éliminer Hitler... Si Chamberlain avait été ferme avec le Führer, peut-être Oster aurait-il mené à bien le complot qu'il préparait !... Et si Churchill avait écouté Goerdeler venu le voir pour évoquer le renversement du nazisme...

– Churchill ?

– À aucun moment, monsieur Ruzcoat, il n'a voulu aider la résistance allemande au Führer, accueillir les dissidents qui lui tendaient la main... Vos alliés ne veulent pas négocier... Plus qu'au nazisme, c'est à la puissance militaire allemande qu'ils en veulent... Churchill fait une fixation sur l'esprit militaro-prussien... Il veut anéantir l'Allemagne, il l'a dit à Casablanca en janvier de l'année dernière... Et tant pis si la « capitulation sans conditions » de mon pays suppose auparavant des milliers, des millions de morts... D'ailleurs il répond à la terreur par la terreur... Voyez les bombardements aveugles de la RAF sur les villes allemandes... Churchill est une sorte de Clemenceau...

– Le Lion après le Tigre ?

– On peut dire ça...

Il raconta alors comment les tentatives d'Ulrich von Hassel auprès de Lord Halifax avaient échoué. Il évoqua d'autres tentatives pareillement vouées à l'échec auprès des alliés occidentaux.

– Bonhoeffer et Oster, tenez ! voilà deux hommes que j'apprécie, un théologien et un militaire, deux seigneurs, l'un de la pensée, l'autres des actes... Des résistants inefficaces, mais des résistants pour l'honneur... Ils m'ont fait réfléchir... Hélas, depuis le début il y a des désaccords entre les opposants... Les généraux se veulent chevaleresques face à un chef qui ne l'est pas et ils se heurtent aux diplomates... Leur méfiance mutuelle affaiblit la conspiration contre le Führer... Il y a des résistances, pas une Résistance... C'est un péril que vous avez évité, grâce au CNR de Jean Moulin... Chez nous maintenant, c'est la course à l'abîme... Et pourtant il faut négocier...

Il joignit les talons, leva son verre comme une offrande.

– À la fermeté réfléchie comme médecine de l'esprit !

Après la guerre, je me suis renseignée au sujet du général Hans Oster et du théologien Dietrich Bonhoeffer. J'ai appris que le général avait à plusieurs reprises, mais en vain, informé les Néerlandais de l'invasion de la Hollande et qu'on l'avait suspecté, ainsi que Bonhoeffer, d'aider les Juifs. J'ai appris qu'il avait échoué dans un projet d'attaquer la Chancellerie en 1938 et demandé plus tard, via Bonhoeffer, de l'aide aux Britanniques pour éliminer Hitler, mais que les Britanniques, comme les Hollandais, s'étaient méfiés de ces deux hommes, – des agents provocateurs peut-être. J'ai appris qu'en janvier 1941, Churchill avait ordonné le « silence le plus absolu » face aux initiatives de la résistance allemande et à ses contacts avec les Américains (via l'OSS, représenté en Europe par Allen W. Dulles), avec les Français (via Alexis Léger), etc. mais qu'en revanche lui, Churchill, communiquait à Staline les informations données par ces résistants. J'ai appris que, jamais écouté par les Alliés, or toujours surveillé par Hitler, Oster fut arrêté, et Bonhoeffer et lui condamnés, puis pendus en 1945, quelques jours avant la chute du IIIème Reich.

Oserai-je dire que parfois je fus tentée de voir dans ce « silence absolu » de Churchill une forme de collaboration avec l'ennemi, et la pire – même si motivée par la capitulation de cet ennemi –, puisque entraînant au plus haut niveau, international, en vue déjà du partage de Yalta, l'acceptation tacite de « crimes de guerre, crimes contre la paix et contre l'humanité », lesquels seront les chefs d'accusation au procès de Nuremberg.

– Si nous poursuivions cette conversation demain ? Je suis fatigué, dit mon père.

– Parlerai-je… s'il n'y a plus de vin ?

– Ma fille fait des miracles.

XII

Le surlendemain, Robert m'avait procuré deux bouteilles de bon vin. Je fis du feu dans la cheminée. Hermann était dans sa chambre. Je l'appelai. Il descendit, en civil. Je remplis les verres.

– À l'entente à venir de nos deux peuples ! dit mon père.

– Vous nous diriez, Hermann, ce que vous pensez vraiment de votre Führer ?

– Glaoda !... Le faut-il ?...

Je perçus un plissement nerveux des paupières. Il but une longue gorgée, resta un moment silencieux.

– Sachez d'abord que le Führer n'est pas un illettré !... Ses connaissances sont même stupéfiantes... Il raffole des encyclopédies, des ouvrages sur l'art militaire, l'art en général, l'architecture en particulier, la spiritualité même... Il possède une importante bibliothèque et passe ses nuits à lire !... C'est un lecteur boulimique, à la mémoire colossale...

Hermann fit tourner son verre entre les doigts.

– Le premier problème de Hitler, c'est les lectures de jeunesse, non assimilées, or devenues sources d'inspiration… Voyez-vous, l'engagé volontaire de 1914, qui notait « artiste » quand on lui demandait sa profession, a fantasmé sur le *Berlin* d'Osborn et rêvé de ressusciter la Grèce ancienne sur le sol prussien !... Le soldat qui avait reçu deux fois la croix de guerre fut en adoration devant Ernst Junger !... Le caporal blessé qui avait vu disparaître ses copains sur le champ de bataille s'est gargarisé de *La Fin de la grande race* de Madison Grant !... Le Viennois modeste a porté aux nues *Le Juif international, le plus grand problème du monde* d'Henry Ford !... Le politicien s'est éveillé avec le *Journal d'un travailleur allemand* d'Anton Drexler !…

Hermann se pencha en avant, appuya le front sur la paume de la main.

– Écoutez-moi…

Mon père était tout ouïe.

– Au fond, le Führer est un exécrable démographe qui se prend pour un remarquable politicien !... Il ne comprend la politique qu'à travers les migrations de peuples…

– *Mein Kampf* ?

– Oh, ça !... C'est le titre donné par l'éditeur à *Quatre ans et demi de bataille contre le mensonge, la stupidité et la lâcheté : règlement de comptes*… Un livre aussi confus que le titre initial… Arrêté à Munich, lors du « putsch de la Brasserie », Hitler réglait ses comptes du fond de la prison de Landsberg, avec haine, sans distinction, à l'impéritie du pouvoir en place… Sachez tout de même que le Führer a commencé par vouloir défendre les humiliés et les offensés de la grande guerre et du capitalisme – dont il était !… À Vienne, il ne supportait pas la misère du petit peuple quand il sortait de l'Opéra où il allait souvent…

En vérité, il s'est pris pour le Commandeur, plus que pour Siegfried… Et plus que la finance juive internationale, il a redouté la bolchevisation de l'Europe… Il est vrai qu'il ne dissociait pas les deux…

Hermann fit une pause.

– Servez-moi un verre, Glaoda, vous voulez bien ?

Il voulait se griser juste assez pour s'offrir le luxe de parler sans frein.

– Le Führer, voyez-vous, est un lecteur paranoïaque qui pille les livres en vue de ce qui peut nourrir son exaltation… Il discerne immédiatement ce qui va servir ses fantasmes, et il s'y tient…

Aucun de nous ne songeait à entretenir le feu dans la cheminée.

– Le Führer ramène à lui ses lectures au lieu de s'ouvrir, grâce à elles, sur autre chose… Il est inculte en ce qu'il ne mémorise que ce à quoi il peut s'identifier… Jeune, il avait besoin d'un miroir, il a fait une fixation sur *Peer Gynt*, le personnage d'Ibsen… Il n'a jamais cessé de se référer aux héros du Far West, de Karl May, au point de faire tirer et distribuer trois cent mille exemplaires de *Winnetou* aux troupes allemandes... Il a voulu être un « tribun du peuple », tel le Rienzi de Wagner… Il a tiré à lui l'idéalisme nationaliste de Fichte et détourné la sociologie de Gustave Le Bon… Il a lu le *Frédéric le Grand* de Carlyle et s'est pris pour l'empereur prussien… Il n'y a, comment dites-vous ? pire sourd que…

– Celui qui ne veut pas entendre…

– Hitler est le pire des sourds !… Et il châtie quiconque n'entend pas de la même oreille… De ce fait, on ne lui a plus dit que ce qui le confortait dans ses intuitions aberrantes… Il y va d'une autohypnose…

Hermann regarda sur le tableau, au-dessus du piano, les goémoniers tirant la charrette sur le sable gris.

– Je vais vous dire… Ce qui manque au Führer, c'est l'ouverture sur la mer… Dans son Berghof, le Führer est un Dracula mâtiné d'un Louis II de Bavière…

Il reprit son souffle. Sa voix devint pensive.

– Oh, je suis bien chez vous !… Je sais que je peux parler sans craindre d'être trahi… Je le sens, plus que je ne le sais... Et je vous remercie de me le donner à sentir… C'est bon de penser à haute voix…

Il s'était exprimé avec véhémence, maintenant la torpeur le gagnait. Nous le laissions suivre son rythme et sa pensée. Parce qu'il avait de l'intelligence, de la noblesse, et du talent. Toutefois mon cœur se serrait. Le besoin de dire semblait l'emporter sur toute considération. Hermann donnait l'impression d'être si las de la guerre que pour en finir il était prêt à se jeter dans la gueule du loup. Non, me disais-je aussitôt. Il nous fait l'honneur de penser que nous ne sommes pas des loups.

Émue, j'allai m'asseoir à son côté, sur le divan. Mon père haussa les épaules avec indulgence. C'est comme ça, papa ! eus-je l'air de dire dans une moue ensemble lutine et désolée.

Hermann s'était rendu quelque temps auparavant à Tréompan, à la villa Natan. C'était une ravissante villa crépie de rose, bâtie dans les années trente sur la dune et maintenant nichée parmi de grands pins qui la protégeaient du vent d'ouest. L'occupant avait réquisitionné la villa et construit un blockhaus dans les jardins. Je dis à Hermann que la villa cachée, méridionale et nordique à la fois, avait hanté mes rêves d'enfant et que pédaler jusqu'à la « villa Natan » avait été pour mon frère et moi un but de promenade.

– Puissiez-vous, Glaoda, ne jamais savoir ce qui s'est décidé à Posen... peu avant que je n'arrive chez vous...

– Posen ?

S'adressant à mon père :

– Des proches du Führer ont voulu le convaincre de s'intéresser à une arme très lourde qui mettrait radicalement fin à la guerre. On dit qu'il a refusé de donner des subventions aux chercheurs parce qu'à l'origine de l'invention il y avait Einstein... Je n'aime pas Himmler, mais le pire de tous, le plus cruel, c'était Heydrich... Escrimeur de talent... Fils de mélomane... Violoniste maniant ensemble l'archet et le fouet... Un intellectuel de glace... L'élite la plus redoutable... Il a été assassiné par des résistants tchèques, c'est bien...

Je ne savais bien sûr pas qu'au séminaire de Posen, le 4 octobre 1943, dans un discours de trois heures, Himmler avait – pour les associer de façon irréversible à la responsabilité – informé ouvertement tous les dignitaires du régime de l'extermination en cours des Juifs (en particulier, celle des femmes et des enfants) et officialisé, en quelque sorte, l'élimination physique que nombre de généraux pouvaient encore prétendre ignorer : « L'extermination, nous la ferons. » Himmler ajoutait : « sans pitié ».

Cette « disparition par les racines » avait été initiée, face à une petite dizaine de généraux, à la conférence de Wannsee en janvier 1942, suite à une directive de Göring de juillet 1941, par Heydrich discourant sur les mariages mixtes, les divorces à imposer (jeune, Hitler avait été fasciné par la pureté raciale juive), les populations à déporter et à « traiter en conséquence », les problèmes logistiques posés par leur évacuation vers l'est, ainsi que la « sélection naturelle » par le travail en vue d'une « solution finale » du problème juif. Elle était toutefois demeurée officieuse du fait que l'adjoint de Himmler avait seulement et habilement considéré les

« travaux préparatoires » : Wannsee avait été une mise en forme destinée à la mise en œuvre.

Je ne savais pas davantage que le propriétaire de la villa rose de mes rêves, Bernard Natan, fondateur de la compagnie de cinéma Pathé-Natan, avait été arrêté pour escroquerie en décembre 1938, libéré en 1942, livré la même année aux Allemands et déporté à Auschwitz où il était mort quelques semaines après son arrivée.

–Voyez-vous, la force du Führer, c'est qu'il lui suffit de suggérer… Il n'a pas besoin d'obliger pour que l'on se sente obligé… Il laisse donc aux subalternes, que cela flatte, le soin de commander dans les détails… Le Führer téléguide… Il a compris très jeune que les hommes d'État ne sont écoutés qu'à tenir des discours non politiques, eschatologiques…

Parlant du magnétisme du Führer, Hermann ajouta que quiconque n'avait pas croisé son regard bleu ne pouvait pas comprendre. Des yeux bleus, disait-il, qui transpercent et voient au-delà de ce qui est regardé, contrairement aux yeux bruns qui s'arrêtent à ce qu'ils voient et le pénètrent. Un regard aérien, insituable, si terriblement absent qu'il fascine ou saisit de panique celui sur qui il se pose…

– Il y a quelque chose d'inhumain dans les yeux du Führer… À côté, au-dessous plutôt, son nez monstrueux paraît très, très humain…

Il éclata de rire. Or, je crus qu'il allait pleurer.

– Un visage aussi indéchiffrable, est-ce possible ?... On ne peut rien y lire… ou un rien sidéral…

Il appuya sa main sur la mienne, quitta le sofa, se rassit près du *bow-window* dans le fauteuil recouvert d'un plaid écossais. Il se mit à évoquer la première partie de son séjour dans la région brestoise.

– Vous avez sans doute préparé l'opération *Cerberus* ? demanda mon père.

– Je logeais dans un bel hôtel, mais je me sens mieux ici… Cette maison propre, jolie, et bien rangée… J'aime ce qui est élégant et net…

De l'index il soulevait de temps à autre le rideau, pour voir où en était la nuit. Elle était avancée. Le vent soufflait.

– *Cerberus* !… Cette opération folle décidée sur l'intuition d'un fou… On avait cherché à dissuader Hitler… Partir de Brest, gagner l'Escaut par la Manche tellement surveillée par vous et les Britanniques !… Or, *Cerberus* a été un succès pour nous et une terrible humiliation pour Churchill… Le problème, c'est que le Führer s'est senti conforté dans son idée de *Blitzkrieg*, de guerre éclair… Idée empruntée à votre Führer à vous, notez bien…

Les détails de l'opération Cerberus, *je les ai connus après la guerre et suis tombée des nues en découvrant l'incroyable équipée, en 1942, (je crois qu'elle demeure méconnue) des trois fleurons de la Kriegsmarine. Basés à Brest, le* Gneisenau, *le* Scharnhorst *et le* Prinz Eugen *patrouillaient dans l'Atlantique avec pour but de couler les navires marchands britanniques indispensables à l'économie de l'île.*

Churchill voulait donc les détruire, Hitler le savait.

Hitler décide de récupérer ses trois cuirassés, d'autant plus que le passage du minerai de fer indispensable à son armement et l'opération Barbarossa sur le front russe impliquent la maîtrise des eaux norvégiennes. Il ordonne de conduire les cuirassés en Norvège où il pense que la guerre peut, doit être gagnée – et de les y ramener via la Manche et le pas de Calais, au grand dam de ses officiers persuadés que les navires ne sortiront pas indemnes d'une route surveillée de si près par les Alliés. Lesquels, de leur côté, sont persuadés que jamais les cuirassés allemands ne prendront le risque de remonter la Manche en plein jour, au nez et à la barbe des batteries ennemies.

L'opération est baptisée Cerberus.

À minuit, le 11 février 1942, suite à des préparatifs invraisemblables (on fait croire que les navires de haute mer partent pour l'Atlantique sud en exposant à la gare de Brest un arrivage de vêtements et de casques tropicaux, on donne une réception à l'hôtel Continental la veille du pseudo départ pour l'Afrique), les trois bâtiments et leur escorte, sous la direction du vice-amiral Otto Cilliax particulièrement pessimiste quant à l'issue de l'opération, sortent du goulet truffé de blockhaus – sans être repérés ! En effet, le dispositif d'alerte allié a été levé. Et pour cause : aucune information n'ayant filtré, le sous-marin sentinelle a quitté son poste pour recharger ses batteries, la veille est abandonnée, les radars sont en panne.

Stupéfaits de leur chance, les croiseurs et leur escorte filent à plein régime le long de la Manche. La nuit est noire.

À l'aube, le temps exécrable favorise la route. Les navires passent à portée des batteries côtières sans être détectés. Au niveau de Boulogne cependant, un avion anglais, pour éviter les chasseurs allemands, plonge sous les nuages – et repère les cuirassés ! Éberlué, le pilote revient précipitamment en Angleterre, informe l'Amirauté. Le silence radio d'abord imposé, puis une mauvaise coordination entre responsables retardent les décisions. Quand le plan Fuller, pourtant mis au point de longue date, est déclenché, c'est trop tard : il se révèle incapable, en dépit de quelques combats, d'entraver la marche des navires.

Et les fleurons de la Kriegsmarine arrivent sans grands dommages dans les eaux territoriales allemandes de Wilhemshaven.

Le pari fou de Hitler était gagné.

Mon père réagit en évoquant le raid du 6 janvier 1942 qui avait tout de même gravement endommagé le *Gneisenau*. Hermann, sur un ton railleur :

– Cinq jours plus tard, le cuirassé était en état de quitter le port !... Vous avez de bons ouvriers à Brest...

Il haussa les épaules, les laissa lourdement retomber.

– Au vrai, on obéit à une mission, sans savoir sur quoi débouche cette mission... Où que ce soit dans la vie, on se bat sans savoir ce qu'il peut advenir de ce qu'on fait...

– C'est dire le besoin de l'homme de se battre.

– Et de faire la guerre à n'importe qui, pour n'importe quoi...

– Pour agir... En confondant être et agir...

– Sans doute... À votre santé, monsieur Ruzcoat !... Parlons plutôt de peinture... ou de poésie... Voilà qui est « être »...

Minuit était passé depuis longtemps, mais Hermann nous tenait en éveil. Il parla d'Henri Heine qui avait fréquenté les utopistes français, aimé la France au point de vouloir y être enterré. Il disait Henri, non Heinrich.

– Heine se définissait comme un rossignol allemand dans la perruque de Voltaire... Les nazis l'ont mis à l'index et fait retirer des librairies !... Il a été traduit par un grand poète français...

– Gérard de Nerval, dis-je.

Hermann rappela alors l'idée de « seconde patrie » chère aux deux poètes.

– Ne vous moquez pas, monsieur Ruzcoat, si je vous dis que dans les sanglots de la mer d'Iroise j'entends ceux de la Baltique, et si je vous dis qu'ils me consolent.

En me glissant un regard, il dit à mi-voix que la patrie, il l'avait trouvée sur la côte nord du Finistère.

– L'idée de patrie suppose une conscience délicate, or elle est maniée le plus souvent par des rustres.

Il saisit une petite théière en porcelaine de Jersey, l'examina.

–Vous ne savez rien de Karl Diebitsch, n'est-ce pas?... C'est un artiste… Il dirigeait la manufacture de porcelaine dite Allach, du nom de la ville où elle était installée avant d'être délocalisée près de Dachau… C'est lui qui a dessiné le *Totenkopf*, l'écusson à tête de mort, et le noir et terrifiant uniforme SS confectionné par Hugo Boss à Metzingen… C'est là que ma femme l'a rencontré… Un bel homme…

D'un mouvement de la main, il chassa cette pensée. Et lui revint à l'esprit la Chine, où il avait voyagé.

– Confucius, c'est le charme de la voie médiane, c'est la simplicité de la vie, c'est l'éloge du quotidien aimable… La Chine, c'est l'intelligence éprouvée… L'Inde, c'est trop d'ascèse… Il faut préférer la Chine… On a dit de Confucius : « N'est-il pas celui qui fait quelque chose alors qu'il sait que ça ne va pas ? »

–Vous savez que ça ne va pas? demanda mon père.

– Oui, je sais.

Je regardais tour à tour Hermann et mon père. Deux hommes de la même trempe. Deux résistants, chacun à sa manière. Mon père, l'occupé, avait pour mission de nuire à l'occupant. Hermann, l'occupant, ne voulait pas nuire à l'occupé. Ennemis, ils prenaient le risque de se parler en amis. L'officier allemand ne trahissait pas des secrets, mais il faisait part d'un état d'esprit qui signifiait à mon père que la résistance française était efficace. Nous admirions un homme partagé entre la loyauté et la rigueur intellectuelle. Je mesurais la force de cette expression : la *bonne foi*. Mon père était troublé.

– Je vais vous dire une chose inattendue, monsieur Christhaller : au fond, pour moi, Français, si l'action est dure, le devoir est simple. Pour vous, tel que vous êtes, le devoir est très compliqué. J'ai de l'estime pour vous.

Le Français se leva, tendit la main à l'Allemand. La poignée de mains fut franche. Deux heures du matin étaient passées. Mon père m'embrassa, alla se coucher.

Hermann se laissa tomber sur le sofa. Je le sentais fragilisé. D'avoir bu et trop parlé de la guerre maudite, l'avait rompu.

– Viens, Hermann.

Nous sommes montés. Il était un peu absent. Mais j'accueillais tout de lui, et j'accueillis cette distance légère. Elle fondit bientôt. Sa langue chercha dans ma bouche son nid de tranquillité. Cela dura, dura. Suivi du flamboiement intime, tout intime. Si poignant. Puis quelque chose s'est insinué le long des nerfs, qui y faisait lentement du vide, y glissait une épaisseur affectueuse, instillait de la douceur, rien que de la douceur. Est-ce que la nuit nous engloutissait ? Est-ce que nous engloutissions la nuit ? Nous étions unis. Immobile, je sentais au creux de ma salière la tiédeur du souffle aimé. Le souffle devint régulier, lourd ; il venait des profondeurs. L'homme avait où poser sa tête. Il dormait sur ma poitrine.

XIII

Les jours avançaient. Avec eux, quelque chose d'inexorable. C'était le mois de mars. Mars pluvieux et doux, mars si peu guerrier.

Hermann avait pris l'habitude de m'accompagner quand j'allais chercher du charbon et du bois dans la remise. Il portait le broc, le remplissait avec la pelle étroite et creuse. Nous restions un moment assis sur le vieux banc, près des outils de jardinage, face à la porte ouverte.

– Tu avais promis, Glaoda, de me raconter l'histoire du château en ruine et couvert de lierre, que nous avons longé à Kersaint.

Les reflets du couchant s'étaient ce soir-là depuis longtemps éteints. On ne distinguait pas les arbres du ciel. Il n'y avait d'étoiles au-dessus de nos têtes que, près de l'ampoule nue, les tremblantes toiles d'araignées.

– Dans le vallon de Trémazan, derrière le mur anti-chars ?... Ah oui... C'est l'histoire de deux saints, Haude et Tanguy... La légende date du Moyen Âge... Le château appartenait à la famille du Chastel réputée pour sa vaillance… Regarde…

Les pies venaient boire l'eau de pluie qui stagnait dans l'auge de pierre. Hermann et moi, nous nous amusions de leurs petits coups de bec.

– Donc… Galon du Chastel, seigneur de Trémazan, avait deux enfants : Haude et Gurguy, nés d'un premier mariage et mal aimés de leur marâtre…

– Comme dans tous les contes…

– Chut… Gurguy s'en va à la cour des Francs, y reste dix ans… Quand il revient à Trémazan, il apprend que sa sœur accomplit des basses besognes dans une ferme, après que la marâtre l'a bannie du château pour cause de conduite « impure ». Gurguy décide sur-le-champ de punir sa sœur. Il l'entraîne près d'une fontaine et, d'un coup d'épée…

– La tue !

– Lui tranche la tête... Or, voici que peu après, Haude apparaît dans la salle du château, tenant sa tête entre les mains. Et que fait-elle ? Elle la pose tranquillement sur son cou. Puis elle se tourne vers la marâtre qui l'a calomniée, et d'une voix douce…

– Elle jure de son innocence...

– Soudain le tonnerre gronde. L'épouse perfide de Galon du Chatel est prise de violents maux de ventre, elle se tord. Au loin, un éclair illumine la mer, roule sur les vagues, transperce les murs du château de Trémazan, foudroie la marâtre. Ses entrailles se répandent hors de son corps. Haude s'approche de son frère…

– Et lui pardonne…

– Chut… Puis elle disparaît. Gurguy, effrayé par son acte et sa méprise, court se confesser à saint Pol de Léon. L'évêque le voit arriver… la tête auréolée de feu !... Alors il change son nom en Tanguy, car *tan* veut dire feu en breton, et il convertit le pécheur.

– D'où le nom de Kersaint ?

– C'est ça. Le village est ainsi nommé en souvenir des deux jeunes gens. Tanguy ensuite est devenu moine, et il a fondé l'abbaye de la Pointe Saint-Mathieu…

– C'est une histoire digne des sagas antiques !

– De l'abbaye, il reste les ruines que tu connais, puisqu'elles sont entourées de casemates !… N'empêche, entre les murs du château de Kersaint et derrière les blockhaus de Trémazan, poussent les œillets rouges…

– *Sur le pâle rivage de la mer*
je m'assis rêveur et solitaire
il me semblait ouïr les récits du vieux temps.

– Les œillets rouges, dits de sainte Haude, car teintés par le sang de l'innocente jeune fille...

La gorge subitement nouée, nous nous regardâmes. Hermann passa la main sur ma nuque, y déposa un baiser.

– *La mer a ses perles*
Le ciel a ses étoiles
Et mon cœur, mon cœur
Mon cœur a son amour.

Tu es mon salut, Glaoda…

– Papa est là sans doute… Rentrons...

– Cette remise branlante est un paradis… Quand même, je vais réparer la porte un de ces jours…

Quand la nuit était claire, mon père passait les soirées à la maison. Je savais désormais qu'il était lié – et savais que Hermann le savait avec exactitude – à des réseaux d'opérations aériennes et maritimes chargés d'évacuer des pilotes alliés : les réseaux *Possum* et *Jade-Fitzroy*, lesquels avaient à convoyer de Montparnasse à Brest des aviateurs alliés – en les faisant passer, munis de faux *Ausweis*, pour des travailleurs sourds-muets de l'OT affectés au mur de l'Atlantique –, puis à les embarquer à l'Aber-Wrach sur les chaloupes des vedettes de la Royal Navy.

J'apprendrais plus tard que Nicole, la cousine de Brest que je soupçonnais parfois d'être la maîtresse de mon père parce qu'il la voyait souvent, appartenait, elle, à un réseau d'informateurs qu'avait à Brest la Confrérie Notre-Dame créée par le colonel Rémy.

Hermann saisit le broc de charbon comme il eût saisi un paquet de cigarettes. J'enlaçai sa taille sous le manteau et marchai serrée contre sa hanche. J'aimais chez mon amant un mélange de robustesse et de grâce. J'aimais sa patiente volonté de comprendre et la largeur de ses vues. J'aimais sa nature panthéiste et son désir sinon de fondre, d'équilibrer les antagonismes. J'aimais l'humanité chez un athlète de l'esprit.

Il vint dans ma chambre. J'étais bien, toute petite, sous lui. Dans ses bras je me sentais, innocente – pénétrée par l'expérience ; ingénue – recouverte par l'intelligence.

– *Tout en vous est rose et diaphane, et je me sens comme un vieillard usé par la raison.*

L'ombre de Heine dissipa la chimère venue rôder au seuil de la remise. D'une certaine manière, sentant la vie menacée, nous confiions notre corps à la parole comme à un abri.

Puis vint le silence, et dans la nuit chacun aima et caressa l'autre avec une application infinie, comme pour, éperdu, retenir et river à lui la vie de l'autre.

XIV

Nous savions que la précieuse intimité risquait de mal finir. Quand il avait sillonné à cheval la dune et les grèves, Hermann rapportait des croquis. Les derniers temps, ses croquis disaient le pressentiment de la mort.

Nous ne savions pas que l'issue était si proche.

On était le 10 mars 1944. Tard dans la soirée, quoique à peine revenu de Brest, Hermann fut appelé d'urgence à Tréompan pour réparer du matériel de transmission radio dans le blockhaus de la villa Natan.

Il sella son cheval. Son aide de camp absent, il partit seul. La pluie avait obscurci le soir. Avant de monter dans ma chambre, je pris le bras de mon père.

– Papa ?

– Eh bien ?

– Non… Rien…

Il chiffonna mes cheveux.

– Je sais…

La nuit était noire maintenant. Hermann ne revenait pas. Je savais qu'il aimait galoper entre le rocher du Serpent et celui du Crapaud, sur la longue plage en forme de croissant. J'imaginais le *Moine devant la mer* tout à ses pensées ténébreuses. Je tendais l'oreille en vain. Le gravier ne crissait pas.

Je ne devais plus revoir Hermann.

Deux résistants l'attendaient sur la dune. Il fut abattu de trois balles dans le dos.

Son aide de camp nous l'apprit le lendemain matin. Des soldats allemands, dans un blockhaus, avaient entendu les coups de feu, étaient accourus. Ils n'avaient pas vu les meurtriers, avaient trouvé Hermann couché sur l'herbe, ensanglanté, inanimé.

C'est du haut des falaises de craie de Rügen, ou du Guiligui, que je tombai. Je m'entendis crier, pourtant aucun son ne sortit de moi.

Mon père aussitôt alluma du feu dans la cheminée, chercha des papiers dans son bureau, les brûla. Robert et moi, l'aidions fébrilement. À midi, je courus chez ma grand-mère. Sur la place de l'église, des enfants jouaient à la marelle ; ils sautaient à cloche-pied par-dessus les malheurs de la guerre. Je ralentis devant la Kommandantur où le corps de Hermann avait été ramené. La grille était ouverte. Tumulte inhabituel. On gesticulait. La cour retentissait d'ordres stridents. Des soldats montaient précipitamment dans des camions. Les vociférations se mêlaient au grondement des moteurs.

Tante Anna me vit arriver hagarde, essoufflée. Elle-même était dans tous ses états. Il n'était déjà question dans le village que de l'assassinat du cavalier allemand. L'épouvante, partout. Attablée dans la cuisine, ma grand-mère se prenait la tête entre les mains. Son ironie indulgente avait fait place à la fureur. Elle fulminait contre les écervelés qui avaient fait ça.

– Des lâches qui se prennent pour des héros ! Des niais qui sucent encore le lait de leur mère ! Des enfants de chœur qui prennent la Résistance pour un vin de messe ! Avec la honte ! Alors que les Boches sont en train de perdre la guerre ! C'était pas le moment ! Ah, c'est bien la peine d'avoir des grandes idées pour en arriver là ! Pourvu qu'on ne vous accuse pas, ton père et toi ! Jésus, Marie, Joseph, ayez pitié ! Comme si je n'avais pas eu mon lot de chagrins ! Mon mari, ma belle-fille, un fils, et mon petit-fils ! Maintenant ces deux-ci ? Assez ! Dire qu'il suffit d'avoir de bons sentiments ! et que du bon en chacun, Français, Allemand ou Russe, il y en a ! Ils peuvent bien dire : « Plus jamais ça ! », c'est encore ça, toujours ça ! Qu'est-ce qu'ils veulent tous, à la fin ? Jusqu'à quand ça va durer ? Mon Dieu, qu'est-ce que je fais ici-bas ?... Et toi, Anna, qu'est-ce que tu fais, là ? Cesse de tourner en rond ! Sers un café à la petite, plutôt...

– Il faut que j'aille voir papa.

– Remets-toi d'abord... Bois, mignonne...

– Si maman était là, au moins !

– On est là, nous !... Anna, donne-lui des œufs et des pommes de terre... Il faut que tu manges, Glaoda, et que tu fasses manger ton père, tu entends ?

C'est mon cœur que j'entendais... et une autre voix. Je fondis en larmes.

– On me l'a enlevé...

Les deux femmes me regardèrent partir, le panier au bras, ivre de peine. De fines aiguilles remuaient partout, sous ma peau.

On craignait des représailles. Il y en eut. Des jeunes gens, qui n'y étaient pour rien, furent torturés et fusillés. On entendit dans un champ des cris et des rafales de mitraillettes. Un villageois, battu à mort, fut retrouvé près d'un talus, sous des fagots...

Et la Gestapo a surgi, effrayante, dans notre maison. Elle nous emmena à la Kommandantur. Mon père et Robert furent conduits à la prison de Pontaniou, à Brest. Je fus relâchée sur intervention d'un ami de Hermann, et ramenée chez moi ; cette faveur parut suspecte à certains villageois.

Robert s'évada quelques jours plus tard, grâce à un copain : les policiers brestois au service de l'occupant « égaraient » de plus en plus de dossiers, organisaient la pagaille, et les Allemands n'arrivaient plus à gérer toutes les arrestations. Robert rejoignit aussitôt le maquis.

Mon père fut déporté.

Je vécus quasi cloîtrée jusqu'à l'arrivée des Américains, en août 1944. Ma grand-mère et tante Anna veillaient sur moi. Je m'asseyais de longs moments dans la chambre de Hermann. Je le respirais. Le respirer me rendait plus résistante.

❧

À la Libération, on ne me trancha pas la tête comme à Haude, je veux dire : je ne fus pas tondue car, sauf quelques FFI, la plupart des Gwitalméziens continuèrent de penser, comme on l'avait fait à la Kommandantur, que Hermann Christhaller avait été abattu par le réseau auquel appartenait mon père et que j'avais, par conséquent, été associée à ce geste. Si je fus maltraitée par des résistants français de la dernière heure, je n'en tirai pas d'amertume : que pouvaient-ils savoir de la qualité de Hermann Christhaller ?

Tante Anna jugea bientôt prudent de m'envoyer à Paris où je fus logée chez une parente en vue de reprendre des études.

Puisqu'il n'y avait plus de Boche à la maison, Eudoxie apparut au seuil de la cuisine, réclama les jeux de clés, renoua son tablier et attendit de pied ferme le retour du maître.

Mon père revint de captivité en juin 1945, usé. Il reprit son métier, pressé par les paysans et par Robert, aussi pour tendre un fil d'attention entre le monde et lui, – même s'il lui semblait n'avoir plus sa place dans le monde nouveau.

À lui seul j'ai parlé. Prisonnier, il n'avait jamais désespéré de l'ennemi, puisqu'il avait, disait-il, rencontré en France un ennemi de haut lignage. Ennemi ? À qui prononçait le nom de Hermann Christhaller, il répondait, laconique : « Il ne pouvait être qu'un ami puisque je n'avais à penser de lui que du bien ».

Nous fûmes plus proches que jamais : Hermann était un trait d'union. Je racontais des choses, mon père m'expliquait des choses. Il s'était demandé en captivité si l'officier de la Todt n'avait pas été abattu par la Gestapo plutôt que par des résistants, Hermann étant devenu suspect à la Kommandantur la nuit où il avait bataillé pour obtenir la libération de son hôte. Et il continuait de se demander si, vu le comportement et certains propos de Hermann, la Gestapo n'avait pas soupçonné l'officier d'appartenir à un cercle de résistants allemands ; partant, de communiquer des informations à son hôte français.

Mon père continua de chevaucher sur la dune, de passer de longs moments dans la serre. Il lisait. Plutôt il relisait Homère : « L'homme se lasse de l'amour, pas de la guerre. » Mais des papillons noirs volaient dans ses yeux et lui faisaient mal. Il pensait à sa femme. Il pensait à son frère, à son fils, à son hôte « morts pour la France ».

– Je pense à l'intelligence morte pour la bêtise, disait-il avec amertume.

*

Je n'ai rien oublié.

Le séjour de Hermann à la maison a peu duré. Quatre mois et demi, – si denses. Souvent j'ai relu en larmes les notes prises au jour le jour. Si parfois j'ai douté, aujourd'hui je sais que nous n'étions pas dans une bulle à l'écart du monde, nous crevions au contraire une bulle. Au vrai, nous n'étions pas hors du monde : le monde était en nous. Il peut sembler étrange de dire que, grâce à Hermann, le monde était en moi comme un enfant dont j'étais grosse, c'est pourtant ce que je ressentais.

Un monde à naître bougeait en moi ; je me disais que Hermann et moi, nous avions « mis un monde en route ».

Je n'ai, depuis, connu un être aussi hauturier que l'ingénieur allemand, officiellement mon ennemi. Je n'ai jamais rencontré quelqu'un de plus beau, – parce que personne qui aspirât autant aux choses les plus nobles. J'ai parfois pensé que nous avions été ensemble un poème vivant. Cela peut paraître exagéré. Alors je dirai seulement que ligotés par la guerre, nous avons fait, lui et moi, un immense voyage : je n'ai jamais voyagé plus loin. Le temps de l'horloge ne dit rien du temps et les bornes kilométriques ne disent rien de l'espace.

Je suis allée néanmoins marcher sur les traces géographiques de mon amant, les confondant avec celles de Caspar David Friedrich. Je suis allée à Rügen, cette île à laquelle les Ruges, ses premiers habitants, ont donné son nom et qui fut successivement germaine, slave, danoise, allemande, suédoise, prussienne, allemande encore, – île qui avait nourri la philosophie de Hermann : la permanence dans l'impermanence et le sens de la vie qui survole les vivants. J'ai épousé à Rostock la mélancolie de la ville hanséatique douloureusement égarée dans un autre âge. À Wismar, j'ai sillonné des rues gothiques et pleines de sombre intelligence. J'ai écouté les orgues baroques de Sainte-Marie de Stralsund et j'ai eu chaud au cœur en évoluant dans la ville de briques. Oh, ce rouge que le soleil nordique nuançait de carmin sur fond de Baltique vert sombre ! Hermann avait raison de dire que j'y serais chez moi puisqu'il y avait là du Gauguin comme dans mon nom de Ruzcoat qui veut dire : bois rouge. À Stralsund, au cœur de la pourpre église Saint-Nicolai, j'ai entendu battre le cœur de mon amant dans l'horloge astronomique, quand bien même les fantastiques rouages étaient arrêtés.

Hermann, Hermann…

Je suis allée dans les musées. Au château de Charlottenburg, devant le *Crucifix au bord de la Baltique*, j'ai revu Hermann disant qu'il faut avoir été crucifié pour se faire homme… À Dresde, devant le *Retable de Tetschen*, j'ai revécu la tremblante ascension au Guiligui, la halte inquiète à l'extrémité de la terre où nous avions senti notre âme à la ressemblance du paysage et où chacun tacitement avait donné sa parole à l'autre... Et ce n'est pas le *Voyageur au-dessus de la mer de nuages* qu'à Hambourg j'ai vu de dos, mais Hermann campé dans la méditation, appuyé au dolmen surmonté de la croix, fixant moins les flots grondants et déchirés par le granit que le flux d'une mer intérieure, attentif moins à l'horizon qu'au paysage spirituel qui s'avançait au-devant de lui, – « occupant » seulement occupé de l'âme.

Où donc ai-je vu le *Tumulus sur la grève* qui m'a ramenée à l'îlot de Carn, face à la grève de Porsguen, et, – peint sur la Baltique ou bien à Tréompan, allez savoir ! – le bord de mer au clair de lune avec les corneilles noires qui m'effrayaient enfant et volaient dans un ciel citronné ? À Lübeck, seule dans la petite salle d'un musée, j'ai contemplé trois minuscules paysages de Friedrich : l'un violet et jaune, représentant des marins-pêcheurs et leurs filets qui sèchent sur des pieux ; un autre, mauve et gris cendré, qui donnait à voir la tombe de Kügelgen dans le vieux cimetière de Dresde et semblait hanté par le fantôme de Hamlet ; une petite marine encore avec deux pêcheurs debout sur une grève un soir très triste, coiffés, eût-on dit, du chapeau rond des Bretons... C'est à Lübeck aussi, que j'ai vu, en haut d'un retable, s'apitoyant au pied de Jésus crucifié, la Madeleine adorable, précieuse et maniérée, dont j'avais pris la pose pour l'amour de Hermann.

Arrivant à Greifswald, je fus bouleversée car j'entrais dans un tableau de Friedrich plus que dans la ville médiévale où, comme le peintre, Hermann était né. Là je me suis recueillie sur la tombe de mon amant. Même si elle ne lui ressemblait pas, j'ai songé à la pierre tombale d'Arminius peinte par Friedrich... Il y avait une inscription : « Gestorben in Frankreich am 10. märz 1944 ».

Et je suis retournée à Rügen. J'ai vu les imposantes falaises de craie où Friedrich peignit une femme vêtue de rouge, montrant du doigt à son compagnon adossé à un arbre l'abîme au-dessous d'eux, et c'était Hermann et moi au Guiligui, lui vêtu de l'uniforme brun, moi emmitouflée dans un manteau noir, évoluant *sub-limen* : au-dessus de la lisière, de la ligne de démarcation, guettant l'invisible dans le visible, – tous deux dépassant l'Histoire : « Christus und Sophie », comme il disait encore, citant Novalis.

Dans la station balnéaire de Binz, je me suis arrêtée devant la villa fin de siècle aux fenêtres gothiques, aux balustrades blanches, où le jeune Hermann avait lu tant de livres en été, et je me suis assise dans un de ces étranges fauteuils-paniers à deux places, tapissés d'étoffe à rayures bleues et blanches, installés le long de la plage et qui tournent le dos à la mer et au vent. Là, j'ai pensé à Alexandre le Grand dont Hermann m'avait dit qu'il obligeait ses soldats à épouser des indigènes dans les pays occupés, en particulier les jeunes filles perses. Sur le front de mer, j'ai acheté dans une boutique le collier d'ambre que mon amant n'a pu m'offrir. « Tu viendras, et je t'offrirai un collier en ambre de la Baltique… De l'ambre vert et doré et blanc avec une inclusion d'abeille… Les perles auront quarante millions d'années… Tu te sentiras très jeune et très ancienne. »

La peinture de Caspar David Friedrich ne devait plus cesser de me parler de Hermann qui m'en avait tant parlé. Mais il est un tableau du peintre que je n'ai jamais vu : celui de la femme assise sur un rocher, agitant un mouchoir en signe d'adieu à un homme sur une barque, au loin. Le tableau a brûlé, – exprès pour moi, qui sait ? Ainsi je n'ai jamais dit adieu à Hermann. Du reste il y avait eu le soir où, l'entendant passer dans le couloir et craignant qu'il ne s'arrête pas, j'avais appelé à voix très basse : Hermann, Hermann ! Il avait tourné la poignée de la porte en disant :

– Me voici, Glaoda.

J'entends encore ce « Me voici ».

Et je n'ai plus voulu que le nord. Je suis revenue dans mon pays contempler les *Ziehende Wolken* de Friedrich – les « nuages passants » que j'avais vu courir dans les yeux clairs. J'ai marché le long des digues brisées, des blockhaus fissurés, sur le toit des *tobrouks* couverts de lichen et de bruyère. J'ai erré sur mes Hauts de Hurlevent, chevauché à Tréompan, là où Hermann avait été frappé dans le dos, et j'ai vu le *Voyageur* de Friedrich, peint de dos pour que j'épouse son regard. J'ai vu le voyageur ployer sous les coups de feu et glisser de cheval. Je l'ai vu couché sur la dune, naufragé de la Baltique rejeté par la mer d'Iroise. Je l'ai vu tâter le sang sur son corps, au lieu de ma main douce. Je l'ai vu écouter les vagues nocturnes et furieuses, le cri rauque des mouettes, en cherchant ma voix aimante. Je l'ai vu me faire signe d'approcher afin de me glisser à l'oreille : « Ma petite âme, c'est vivre encore, que de regarder couler son sang »... Je n'ai plus cessé de sentir dans mes veines couler son sang.

Je suis revenue jouer, à la place de mon hôte, *Ce qu'a vu le vent d'ouest* sur le piano un peu désaccordé et j'ai vécu dans la maison que cet « homme de bien » avait remplie et honorée de sa présence. J'ai regardé le soir les carnets de croquis laissés dans sa chambre. Rien n'a effacé son pas dans le jardin. J'ai continué de guetter le bruit des bottes et le froissement de la redingote militaire qu'il avait hâte d'enlever. Je devins beaucoup plus tard historienne de la mode et je dois à Hermann, si élégant dans son uniforme, or si étranger à cet uniforme, de m'avoir sensibilisée aux rapports du vêtement et des civilisations et de m'avoir fait méditer la paradoxale affirmation de soi où conduit l'effacement sous l'uniforme.

Je le revois feuilleter l'album de Charles Cottet, debout devant la bibliothèque du vestibule, moi lui désignant les femmes en deuil qui attendent au bout de la jetée leur homme parti en mer ou la guerre. C'était le premier soir, et c'était prémonitoire.

Cet homme « de belle venue », en tressant l'idéal et le réel jusqu'en temps de guerre, m'a instillé une vision du monde qui s'origine dans le fond de l'être. Proche de tout, rivé à rien, il avait, selon moi, choisi « l'héroïsme de la raison ». J'avais rencontré, puis-je dire : une excellence d'humanité. J'y suis restée fidèle.

La lumière triste de son regard océanique ne s'est dans mes yeux jamais éteinte et sa voix d'au-delà les frontières en moi ne s'est jamais tue. Je n'ai plus cessé de vouloir me tenir au diapason de l'officier du génie qui, près du château de Kersaint et songeant au monastère d'Eldena, m'avait parlé de la vitalité des ruines, ces pierres ouvertes au vent de l'Histoire, et dit que les ruines libèrent ce qui fut vécu entre les murs solides. Il faut déjà, disait-il, porter sur les blockhaus le regard que l'on portera sur eux dans vingt ans. Il disait que je lui ouvrais un arrière-monde, il m'ouvrait un avant-monde ; les deux se sont à jamais fondus en une surréalité. L'absence de Hermann n'a plus cessé de palpiter en moi, tout a pris sens à partir d'elle. J'ai « endossé » le regard du *Voyageur au-dessus de la mer de nuages*, et il a orienté ma vie.

Il me faut avouer ici que c'est moi, Lucile Ruzcoat, qui décide de publier ces pages finalement laissées par ma mère Glaoda, sous des carnets de croquis, dans le bureau de la chambre qui fut, au long de quatre mois chez nous, celle de mon père Hermann Christhaller.

Dans la même collection

Alain Chopin
Flaubert est un blaireau

Hervé Hamon
La diagonale du traître

Pierre Gardeil
Mon grand-père aussi avait un grand-père

Dominique Julien
Mordre la poussière

Profane Lulu
Manières douces

Christophe Paviot
Mélancolie de la masse critique

Michel Serres
Biogée

Sylvia Tabet
L'Atelier rouge

Dominique Louise Pélegrin
Le Rossignol Vainqueur

Denis Labayle
Rouge majeur

Michel Treguer
le-septième-jour.net

Hervé Bellec
Si c'est ma femme, je suis pas là

Daniel Kerh
Victor Segalen et le Roi Dagobert

Véronique Beucler
La décadence et autres délices

Anne-Marie Cambon
Une destination légèrement incertaine

Françoise Gehannin
Tatiana Lafumette ou la guerre des branchés

éditions dialogues
54, rue Jean-Macé - 29200 Brest

Achevé d'imprimer en novembre 2011
sur les presses de Cloître Imprimeurs - Saint-Thonan
Mise en page : Des Signes - Brest

Dépôt légal 4ème trimestre 2011
ISBN 978-2-918135-41-8

Ce livre est également disponible en version numérique grâce au code 2D suivant.

Décodez-le en le scannant avec votre téléphone mobile. Pour ce faire, sur *iPhone*, téléchargez préalablement et directement depuis l'*App Store* de votre téléphone *NeoReader* (une application gratuite et très simple à installer). Ensuite, photographiez le code et visionnez son contenu à l'écran grâce à *Stanza*, qui permet de lire des livres électroniques et de constituer une bibliothèque virtuelle.
Sur *Android*, vous pouvez utiliser un décodeur tel que *Barcode Scanner* et utiliser l'application *FBReader* pour lire le livret ainsi téléchargé.
Bien sûr, vous pouvez aussi lire votre fichier sur une tablette de lecture électronique telle que *Sony Reader* ou *Cybook*...
Si votre téléphone n'est ni un *I-Phone*, ni un *Android*, ne soyez pas désespéré : tous les smartphones présentent la possibilité de télécharger une application de scan gratuite.
Il est également possible d'utiliser directement, depuis votre ordinateur personnel, le lien indiqué sous le code imprimé ci-contre (de forme http://edial...).

Nous vous souhaitons une agréable lecture.